ERRI DE LUCA

Den Himmel finden

Roman

Aus dem Italienischen
von Annette Kopetzki

List

Die Originalausgabe erschien 2016
unter dem Titel *La Natura Esposta*
bei Giangiacomo Feltrinelli Editore, Milano.

MIX
Papier aus verantwortungsvollen Quellen
FSC www.fsc.org
FSC® C014496

List ist ein Verlag
der Ullstein Buchverlage GmbH

ISBN: 978-3-471-35171-0

2. Auflage 2019

Lektorat: Esther Hansen
Gesetzt aus der Galliard und der Futura
Satz: Pinkuin Satz und Datentechnik, Berlin
Druck und Bindearbeiten: GGP Media GmbH, Pößneck
Printed in Germany

VORWORT

»Von diesem Moment an kann alles, was ihr sagt, zu meinem Vorteil verwendet werden.« Diese manchmal unausgesprochene Prämisse bestimmt mein Zuhören. Ein Satz mit unfreiwilligem Doppelsinn, ein unbekanntes Sprichwort, ein Missgeschick können sich auf die Seiten übertragen, die ich schreibe.

Den Himmel finden verdankt sich dem Zuhören. Es ist eine theologische Erzählung: Wenn die Welt und die Lebewesen das Werk einer Gottheit sind, ist jede Erzählung notwendig theologisch. Für mein eigenes Erleben schließe ich göttliches Eingreifen aus, nicht für das anderer Menschen. Das Du der Gebete, des Zorns und des Mitgefühls kann ich nur an die menschliche Spezies richten.

Es war an einem Juliabend in Val Badia auf dem Berghof von Lois Anvidalfarei und Roberta Dapunt, er Bildhauer in Bronze, sie Lyrikerin in drei Sprachen. Unser Abendessen zu dritt an ihrem Tisch zog sich länger hin, denn wir berichteten einander vom letzten Jahr. Roberta verkündete, dass Lois eine Geschichte zu erzählen habe. Ich hörte sie an und vergaß sie.

Im nächsten Jahr saß ich wieder an ihrem Tisch oder sie an meinem, im Restaurant Tabarel in San Vigilio di Marebbe. Wir kamen auf das Thema zurück, ich erinnerte mich an die Einzelheiten, die mich interessiert hatten.

Im Herbst 2015, nach dem Abschluss mühseliger Verhandlungen in einem Turiner Gerichtssaal, bin ich zum Schreiben zurückgekehrt. Beim Schreiben muss ich, wie beim Bergsteigen, allem den Rücken zukehren und mich mit der größtmöglichen Genauigkeit auf die Oberfläche konzentrieren, die sich vor meiner Nase erstreckt. Ich habe einen Absatz gemacht und neu begonnen.

Ich glaube nicht, dass Lois auf den folgenden Seiten seine Erzählung wiedererkennen wird. Trotzdem muss ich hier ihren Ursprung und meine Dankesschuld erwähnen. Lois hatte mir schon das Umschlagbild von *Mein Wort dagegen* angeboten, eine seiner Bronzestatuen, ein Gefangener.

Auf diesen Seiten betrete ich mit der Geschichte eines Bildhauers sein Fachgebiet.

Zu unserem nächsten Treffen werde ich nicht mit leeren Händen kommen.

ICH LEBE NAHE der Staatsgrenze, am Fuße von Bergen, die ich auswendig kenne. Studiert habe ich sie auf der Suche nach Mineralien und Fossilien, später dann als Bergsteiger. Mein unsicherer Lebensunterhalt stammt aus dem Verkauf der Fundstücke und kleiner Skulpturen aus Stein und Holz.

Ich schnitze Namen für die beharrlich Verliebten, die sie lieber in Äste und Steine geritzt sehen statt als Tätowierungen. So halten sie länger, ohne zu verbleichen. Ich suche trockene Wurzeln, Steine, die den Buchstaben des Alphabets gleichen. Die in Herzform sind leicht zu finden, wenn man im Kiesbett ausgetrockneter Bäche flussaufwärts geht. Andere, schroffere Formen finde ich auf den Geröllhalden, wo sich der Abrieb von den Felswänden sammelt. In der Natur finden sich Abc-Fibeln.

MAN RUFT MICH für kleine Reparaturarbeiten an Skulpturen, meistens in Kirchen. In unserer Gegend schmücken die Leute sich gerne mit Arbeiten von Künstlern. Ich bin kein Künstler, ich repariere Nasen, Finger, die zerbrechlichsten Teile. Als Junge durfte ich das musische Gymnasium besuchen. Mit diesem Schulabschluss bin ich dann im Kohlebergwerk arbeiten gegangen. Seit es geschlossen ist, arrangiere ich mich mit dem, was ich finde.

Wenn ich aus der Schicht im Bergwerk kam, stieg ich, statt ins Dorf hinunterzugehen, hinauf in die Berge. Ich verlangte nach Schnee, damit wusch ich mir die Hände und das Gesicht. Ich rannte durch den Wald zum Gipfel, aus meinen Poren kam sauberer Schweiß. Ich kletterte die Äste einer hohen Zirbelkiefer hinauf, verklebte mir die Hände mit Harz. Vom höchsten Sitz aus blickte ich zum Horizont, um den engen Bergwerksstollen abzuschütteln. Der Schauder eines Hundes, der aus dem Wasser kommt, lief mir über den Rücken.

Geblieben ist mir die Bewunderung für Künstler, ein Zuschauergefühl, nicht das eines Kollegen. Mit meinen fast sechzig Jahren klettere ich noch immer gewandt auf Gerüste und Berge. Ich wohne im letzten Haus am Dorfrand. Für mich ist es das Erste auf dem Weg hinunter aus den Wäldern, wenige Meter von einem kleinen Wasserfall entfernt, der mir fließend Wasser gibt. Ein Rinnsal bleibt auch dann, wenn es friert.

SEIT EINIGER ZEIT kommen Fremde ins Dorf, die keine Heimat mehr haben. Sie versuchen, die Grenze zu überqueren, die Behörden lassen sie gewähren, damit sie sich nicht um sie kümmern müssen. Wir leben in einem Land der Durchreise. Manche könnten hier bleiben, aber das tut keiner von denen, die es so weit geschafft haben. Als Kompass haben sie eine Adresse in ihrer Tasche. Für uns, die wir nie gereist sind, sind sie die Welt, die gekommen ist, uns zu besuchen. Ihre Sprachen machen das Geräusch eines fernen Flusses.

Für sie ist ein kleiner Begleitdienst über die Grenze entstanden. Wir sind zu dritt, alte Männer, denn hier oben ist man mit sechzig alt. Nur wir drei kennen die Wege auch im Dunkeln.

Seltsam, dass Staaten Grenzen auf den Bergen errichten, sie halten die Berge für Barrieren. Sie irren sich, Gebirge bilden ein dichtes Verbindungsnetz zwischen den Hängen und bieten damit unterschiedliche Durchlässe, je nach der Jahreszeit und der körperlichen Verfassung der Reisenden.

Die Wege, die wir drei benutzen, führen auf die andere Seite, ohne dass man einer Menschenseele begegnet. Grenzen nützen nur in der Ebene. Man errichtet einen Gitterzaun, und es gibt kein Durchkommen. Im Gebirge geht das nicht.

Sich begleiten zu lassen hat einen Preis. Bei

uns haben die beiden anderen ihn festgelegt, mir ist es recht, dass sie das Entgelt bestimmen. Die Reisenden zahlen im Voraus, sie sind gezwungen, uns zu vertrauen. Man spricht ein Englisch aus zehn Worten, das Kauderwelsch der Ortswechsel.

EINER VERSUCHT, OHNE uns hinüberzukommen, verirrt sich, kämpft sich ab, und wir finden ihn tot, von den Raben zerhackt. Wir begraben ihn, bei jedem Gang bringen wir eine Schaufel Erde mit.

Von weitem glaubt man, einen Durchschlupf zu sehen, von nahem, von innen findet man ihn nicht mehr.

Es kommen Frauen, Kinder ohne Eltern, für sie kein Rabatt, der Begleitdienst wird nicht leichter, im Gegenteil, er dauert länger. Wenn es kräftige junge Männer sind, bringe ich sie auf dem schwierigen Weg, der kürzer ist. Auf steilen Wegstrecken binde ich ihnen ein Seil um die Taille und ziehe sie hoch. Deshalb verlange ich, dass sie einen Rucksack tragen und die Hände frei haben.

Mit Kindern und Frauen nimmt man die langsamere Strecke, ich achte auf ihre Kleider, die Schuhe. Ohne ein festes Paar Schuhe und warme Sachen gehe ich nicht los, auch im Sommer nicht.

Die beiden anderen würden sie auch barfuß mitnehmen. Sie verdienen jetzt mehr Geld als in ihrem ganzen übrigen Leben.

Einer ist Schmied, der andere Bäcker. Wir kannten uns schon als ungebärdige Bengel. Wir sind zusammen in die Berge gestiegen, haben unter jedem Stein gewühlt, als man uns die gefangenen Nattern bezahlte.

Wir schliefen zwischen Gipfeln und unter Bäumen. Der Schmied ist groß, massig, hinterlässt Bärenspuren. Der Bäcker ist der Älteste von uns, die Hände hart gebacken wie Brot, sie taugen zu nichts mehr. Seine Füße laufen, und mit denen steckt er sich ein schönes Sümmchen in die Tasche.

Wir gehen nicht gemeinsam, jeder nimmt seinen Weg. Manchmal kreuzen wir uns, auf dem Hinweg der eine, auf dem Rückweg der andere.

WIR SIND GEMEINSAM aus der Lawine hervorgekommen, die uns über viele hundert Meter mitten am Tag durch ihr plötzliches Dunkel geschleift hat. Am Ende des Sturzes hat sie uns ausgespuckt wie Kerne.

Wenn man abstürzt, sind die ersten langsamen

Meter schrecklich, danach beschleunigt man, rollt, schlägt auf und streitet mit dem Tod. Am Fuß des Steilhangs sah ich wieder Luft, ich war dem dunklen Sack entkommen, staunte, dass ich lebte und ganz war. Ich stand auf und sah den Schmied kopfüber im Schnee stecken, die Füße schauten heraus. Ich zog ihn aus dem Schnee und pumpte ihm mit meinem Atem Luft in die Lungen, bis er mir seinen ersten Hauch ins Gesicht spuckte. Der Bäcker lag weiter weg, aber mit dem Gesicht im Freien, ohnmächtig. Ohrfeigen genügten. Sein Arm war zerschmettert. Drei von drei hatten überlebt, das war besser als unmöglich. Am Abend leerten wir eine Fünfliterflasche Wein, gar nicht mal zu viel.

UNSER DORF IST kein Ort für Frauen. Sie sind in die Stadt gegangen, verheiratet oder nicht. Ihre Schönheit, eine Tradition, kommt aus der Kreuzung mit durchreisenden Völkern. Sie haben die Karawane im Blut. Die Männer bleiben, hier bei uns läuft das Leben mit dieser Kehrseite, und uns ist es recht. Unser Dorf besteht nur noch aus Männern und Tieren.

Im Sommer verkaufe ich den Feriengästen

meine Stücke und Skulpturen, die ich im Winter mache. Auf dem Tisch aus grobem Holz vor dem Haus stelle ich mein Angebot aus. Die Leute bleiben aus Neugier stehen. Die Zeit ist für sie mit dem Kauf verbunden, wenn sie kein Geld haben, bleiben sie nicht stehen. Sie sagen es, entschuldigen sich sogar und gehen schnell weiter, als hätten sie mit einem zu tun, der die Hand ausstreckt. Ihnen kommt nicht in den Sinn, dass ich meine Sachen verschenken könnte, wenn einer stehenbleibt, um zu schauen, anzufassen, zu fragen.

Hier oben gab es Fische, Korallen und Muscheln. Aus ihren Resten bestehen die Berge. Wer sagt, dass wir Bergbewohner sind, dem antworte ich, dass wir das Meer früher als andere hatten. Ich beweise es mit dem in die Oberfläche des Steins gegrabenen Fang, dem Abdruck einer Gräte, einer Austernschale.

AUCH MEINE GEBRAUCHTEN Bücher bringe ich an die Luft, biete sie zur Lektüre an, ich bin die Gemeindebücherei, die es hier nicht gibt.

Mir haben sie geholfen, die Welt kennenzulernen, die Vielfalt der Menschen, von denen es in dieser Gegend wenige gibt. Bücher wärmen das

Haus, wenn sie dicht an der Wand stehen, die nach Norden geht.

Seit die Sehkraft abnimmt, lese ich weniger, den Kauf einer Brille schiebe ich auf. Der Körper hat seine Generationen, diese letzte handelt manchmal blindlings. Darum kann ich nachts ins Gebirge gehen.

Die Treffen mit den Reisenden finden im Wirtshaus statt. Meist kommt nur einer herein, er kommt im Namen der anderen. Einer von uns ist da, wenn nicht, wird gewartet.

Man muss sich nicht zurückziehen, hier kennt man die Leben der anderen, die Kränkungen, die Kniffe, die Wortbrüche. Sie haben sich mit den Knochen vermischt. Man lässt einander leben, ohne sich einzumischen.

Der Wirt bringt die Neuangekommenen im Stall unter. Wenn das Wetter nicht mitmacht, muss man drauf warten.

Es sind keine Bettler, sie haben genug Geld, um in der ersten Klasse zu reisen. Aber sie müssen es mit uns machen, heimlich, zu Fuß, und für jeden zurückgelegten Meter zahlen. An Banditen sind sie gewöhnt, wir sind die Letzten auf ihrer Reise, nicht die Schlimmsten.

Ich rede von uns dreien, um mich nicht auszuschließen, aber ich mache es anders. Ich lasse mich bezahlen wie die anderen, aber wenn ich die Menschen nach drüben gebracht habe, gebe ich ihnen das Geld zurück. Sie brauchen es nötiger. Ich sage nicht vorher, dass ich ihr Geld bei mir habe, damit keiner auf den Gedanken kommt, es sich mit Gewalt zurückzuholen.

Führe uns nicht in Versuchung: dieser Satz aus dem Katechismus hat sich mir eingeprägt. Wenn du in Versuchung geführt hast, bist du zur Hälfte selbst schuld.

HINTER DER GRENZE zeige ich ihnen, wo sie Rast machen, wo sie Transportgelegenheiten finden. Ich gebe ihnen ihr Geld zurück und drehe mich auf dem Absatz um. Ich halte mir die Ohren zu, so verstehen sie, dass ich keinen Dank hören will. Ich bin allergisch gegen die Thank you.

Es gefällt mir, in einem Alter nützlich zu sein, das in dieser Gegend im Irrsinn, im Alkoholdelirium oder im Altersheim endet. Kein Vater zu sein hat den Vorteil, dass es keinen Sohn gibt, der mich dort einsperren will.

Mein Altersheim ist das Gebirge, eines Tages wird es mir die Augen schließen und sie den Raben überlassen, das ist ihr liebster Leckerbissen.

Auf den Bergen, die zum Dorf gehören, hat der Krieg meiner Großeltern stattgefunden. Ich kehre von einem Grenzübergang zurück und bleibe an einem Schlachtfeld stehen. Dort lege ich mich neben die Körper, die nicht mehr da sind, schließe die Augen.

Ich warte, bis ich mir vorstellen kann, zu ihnen zu gehören, Altersgenossen im Unglück. Es dauert ein paar Atemzüge.

Im Gebirge vermengt man Erinnerung mit Phantasie. Wenn ich eine Felswand hochsteige, lege ich meine Finger in dieselben Haltepunkte wie die Bergsteiger, die diese Wand eingeweiht haben. Unsere Bewegungen fallen zusammen, ich stecke den Karabiner in die Öse des Hakens, den sie in den Fels rammten, meine Nase hat denselben Abstand zur Wand.

WÜRDE MEIN ZWILLINGSBRUDER noch leben, wäre er einverstanden. Er war sechs, als er im Frühling von der Hochwasserwelle des Wildbachs mitgerissen wurde. Von einem winzigen Stück Land mitten im Fluss angelte er Forellen. Im Dorf hörten wir das Sturmgeräusch, das die Hochwasserwelle macht, wenn sie Bäume und Steine von den

Ufern wegreißt, wenn sie zerstört. Wir fanden einen seiner Schuhe kilometerweit talabwärts.

Das ist über fünfzig Jahre her: der Gedanke an ihn leistet mir Gesellschaft. Er war mutig, ohne sich zur Schau zu stellen, kletterte auf Bäume, sprang ins eiskalte Wasser. Noch heute betrachte ich ihn als älteren Bruder. Vor Entscheidungen denke ich an ihn, frage ihn. Er hat das Recht aufs letzte Wort. Ich weiß nicht genau, ob ich es erkenne, mir genügt, zu glauben, dass es seins ist.

Er war Linkshänder, ich bin es nicht. Für ihn habe ich gelernt, seine Hand gleichberechtigt zu gebrauchen. Im Notizbuch schreibe ich eine Seite mit meiner, die andere mit seiner Hand. Bei Tisch benutze ich Messer und Gabel abwechselnd mit rechts oder links. So bleiben die Hände Zwillinge.

UNTERDESSEN DIE NEUIGKEIT, das ausländische Fernsehen ist gekommen. Sie suchten nach mir und sind zum Wirt gegangen. Er wusste, dass ich auf einem Grenzgang war, und hat sie beherbergt. Auf meinem Rückweg kam er mir entgegen, um mir zu sagen, ich sei jetzt ein wichtiger Mann. Einer aus einer Gruppe, die ich vor einem Jahr begleitet habe, ist Schriftsteller, er hat ein Buch über seine Reise geschrieben, das ein Erfolg geworden ist. Es erzählt von unserem Dorf und vom nächtlichen Überschreiten der Grenze. Es berichtet, dass ich ihnen im Morgengrauen, auf der anderen Seite, das Geld zurückgegeben habe.

Damit bringt er mich in Schwierigkeiten. Der Wirt reibt sich die Hände wegen der Werbung für unser Dorf und das Wirtshaus. Am Abend zuvor haben sie dort Innenaufnahmen gemacht, sogar von unserem leeren Tisch, wo wir die Abmachungen treffen.

»Jetzt werden Touristen kommen von wegen Schlafplätze im Stall.« Er schleift mich mit, ich habe die Nacht auf dem Buckel, aber ich kann nicht mal bei mir zu Hause vorbei.

ICH HALTE AN, stehe fest auf dem Boden. Ein Schriftsteller? Alles gelogen, er hat die Geschichte erfunden. Wer könnte auf so einen Gedanken kommen, dass ich das Geld zurückgebe? Man weiß doch, wie Schriftsteller sind, sie verkaufen Geschichten.

Der Wirt sieht mich böse an. »Sei kein Spielverderber. Endlich interessiert sich mal jemand für dieses elende Dorf.«

Welche Ammenmärchen soll ich ihm erzählen?

»Weil das Buch so erfolgreich war, haben sich weitere Zeugen gemeldet, sie wurden interviewt und haben bestätigt, dass die Begleitung über die Grenze gratis war. Man will eine Sendung mit denen und mir machen.«

Das ist das Ende meiner kleinen Genugtuung, noch nützlich zu sein. Die Aufmerksamkeit, die Werbung macht Schluss mit den Grenzgängen in unserer Gegend.

Ich entgegne dem Wirt, nicht mal wenn ich im Sterben läge, würde ich zugeben, es umsonst getan zu haben.

Ich muss den Dummen spielen, sagen, dass alles eine schlaue Erfindung ist. Diesen Satz wiederhole ich den ganzen Tag lang für alle, die fragen. Mein ganzes Leben hat kein einziger Fremder mich nach meiner Meinung gefragt, und plötzlich tun es eine Menge Menschen gleichzeitig.

DER SCHMIED UND der Bäcker grüßen mich nicht mehr, die schwerwiegendste Geste unter Dorfbewohnern, der Ausschluss aus dem Verzeichnis der Lebenden. Ich bin einverstanden, ich selbst würde mir den Gruß verweigern.

Der Schriftsteller, es muss ein Schriftsteller unter den vielen hundert Menschen gewesen sein, die ich begleitet habe, er musste darüber ein Buch schreiben, und es musste obendrein Erfolg haben. So viele Zufälle auf einmal, das ist fast unmöglich, doch hier haben sie sich zusammengetan, um einen Mann von seinem Platz zu stoßen.

Vermutlich hat er geglaubt, mir einen Gefallen zu tun. Er hätte mich fragen können, hierher zurückkommen und mich fragen, ob es mir recht sei. Stattdessen schreibt er: »Er hat mich im Dunkeln über die Berge geführt, den Kompass hatte er im Kopf, nicht in der Hand. Er hat uns wie Menschen behandelt, nicht wie eine Herde Schafe, die zur Schur getrieben wird. Er hat uns unser Geld zurückgegeben, hat sich umgedreht und ist eilig weggegangen, die Hände auf den Ohren, um uns zu zeigen, dass er keinen Dank braucht. Wir standen mit offenem Mund da, einige von uns waren gerührt. Dies schreibe ich aus Dankbarkeit.«

So ein Schund, die Leser von heute sind leicht zufriedenzustellen. Er hat mich bezahlt, oder nicht? Er hat mir sein Geld gegeben, und ich habe es genommen. Das Zurückgeben ändert nichts. Ich habe es eingesteckt und gegen Bezahlung Menschen geschmuggelt. Hinter der Grenze habe ich mich dann von einem Gewicht befreit, für den Heimweg.

DAS MEINE ICH ernst, ohne das Geld lief ich immer leichtfüßig zurück, spürte die Anstrengung des nächtlichen Hinwegs nicht mehr. Rechtzeitig zum Abendessen und für den Schlaf war ich wieder da. Manchmal ging es in der nächsten Nacht schon wieder los. Wenn ich den Anstoß durch das Geld gebraucht hätte, hätte mir das nicht gereicht, um wieder aufzubrechen.

Es ist meine Angelegenheit und sollte es bleiben. Stattdessen wird sie jetzt zur Schau gestellt und entwürdigt. Der Heilige aus den Bergen, der rechtschaffene Schmuggler: Berühmtheit ist eine Verhöhnung.

AM GROBEN HOLZTISCH mit den ausgestellten Stücken bleibt an einem der nächsten Tage eine Gruppe Ausflügler stehen, die eine Busfahrt in die Berge gemacht haben. Sie kommen wegen mir, sie haben den Beitrag in den Fernsehnachrichten gesehen. An einem Tag kaufen sie mehr, als ich im ganzen Sommer verkaufe. Ich lasse mich nicht fotografieren, sie fotografieren sich gegenseitig.

Ich leugne weiterhin, sie glauben mir nicht. Sogar mein Leugnen scheint ihnen zu gefallen. Ich sage es nicht, damit man mir glaubt, sondern um in Ruhe gelassen zu werden.

Einer flüstert mir zu, dass er auch mal einem Flüchtling geholfen hat. Er macht die Miene eines Verschwörers, der weiß, dass er eine Straftat begangen hat. Vielleicht ist das unten im Flachland so, hier hält man es anders. Flüchtlinge, so werden sie dort genannt. Für mich sind sie Reisende im Unglück, davon haben sie zu viel gehabt, zu viel auf einmal. Durch die Reise versuchen sie es abzuschütteln. Unglück ist die Krätze, man muss sich kratzen. Viele von ihnen können es nicht loswerden, es bleibt an ihnen hängen wie schwerer Ballast, sie werden davon erdrückt.

Einer bittet mich, ihn über die Grenze zu führen, er möchte es selbst erleben. Ich sage Nein, denn gewisse nächtliche Wanderungen macht man aus Not. Macht man sie aus Neugierde, bringen sie Unglück. Er ist Journalist, jung, möchte erzählen. Fürs Erzählen, sage ich ihm, muss er es nicht tun, er muss es nur erfinden. Soll er seine Phantasie gebrauchen und sich die Nacht ohne Schlaf ersparen.

Er sagt, dass er mich bezahlt. Ich schicke ihn zu meinen Kameraden ins Wirtshaus. Doch er wollte mit mir gehen. Nichts zu machen.

NACH DIESEN EREIGNISSEN sieht das ganze Dorf mich scheel an. »Wir hatten einen Heiligen unter uns und wussten es nicht.«

Im Wirtshaus folgt dann der Bruch. Dort sitze ich an unserem Tisch und trinke mein Viertel Roten. Die beiden kommen, bleiben am Tisch stehen. Der Bäcker spricht.

»Was bildest du dir ein? Glaubst du, deine Läuse sind Gämsen?«

Das ist ein Sprichwort bei uns: Ein Angeber hält seine Läuse für Gämsen. Ich antworte nicht.

Der Schmied spricht.

»Du hast uns in den Dreck gezogen, du bist der Heilige und wir die Banditen.«

Mich kennt ihr seit dem vorigen Jahrhundert und glaubt den Klatschgeschichten der Fremden.

»Du hast nicht den Mut, zuzugeben, dass du uns reingelegt hast«, sagt der Bäcker.

Das Geld habe ich genommen wie ihr.

»Und dann hast du es zurückgegeben.«

Was ich mit meinem Geld mache, muss ich

euch gegenüber nicht rechtfertigen. Frage ich euch, wo ihr eures gelassen habt?

»Es ist deine Sache, solange man es nicht aus dem Fernsehen erfährt. Der Grenzübergang ist verloren, von hier geht keiner mehr rüber.«

Es gibt ein bisschen Theater, ein paar Finanzpolizisten werden geschickt, die durchs Dorf streifen. In einer Woche sind sie verschwunden.

»Dann machst du den Gang in einer Woche mit dem Geld in der Tasche und gibst es nicht zurück.«

Ihr wollt euch unbedingt mit meinem Geld befassen. Steckt euer Geld ein, ich mache den Gang auf meine Weise.

Der Schmied stützt zwei Fingerknöchel auf den Tisch und sagt mit einer veränderten Stimme, tief wie ein Knurren: »Deine Almosen wollen wir nicht. Wir wollen, dass du vom Altar steigst.«

Ich bin nicht draufgestiegen.

»Man hat dich draufgestellt, jetzt zeigst du, dass du runtersteigst.«

Schon erledigt, ich habe es geleugnet.

»Wenn so viele die Sache mit dem kostenlosen Grenzübergang bestätigt haben, soll man dir glauben?«

Sollen sie doch glauben, was sie wollen.

ICH BLICKE SIE im Sitzen an, fordere sie nicht auf, Platz zu nehmen. Der Schmied spricht jetzt so, wie er das Eisen schlägt, er hämmert mit Silben.

»Du machst den Grenzgang und behältst das Geld. Damit zeigst du, dass du noch einer von uns bist.«

Ich verstehe. Ich bin keiner von euch. Ich bin einer und Schluss. Mir ist die Lust am Begleiten vergangen. Der Schmied hebt die geschlossene Hand.

»Ich schlage dich nicht, weil du mir einmal das Leben gerettet hast. Ab heute sind wir quitt. Du kannst auf deinen eigenen Beinen rausgehen.«

Hier sitze ich und bleibe ich. Ihr könnt ja gehen.

Der Schmied hebt die Faust über dem Tisch und haut auf die Platte, das Viertel und das Glas springen in die Luft.

Was muss ein Mann tun, auch wenn er schon Weiß in den Haaren hat? Ich stecke die Hand in die Innentasche der Jacke und ziehe langsam das Messer mit der feststehenden Klinge heraus. Der Bäcker stellt sich vor den Schmied.

»Ich zahle dir den Wein. Wirt, bring noch ein Viertel. Wir gehen jetzt, und du verlässt morgen das Dorf.«

ES HAT ÖFTER Raufereien zwischen uns gegeben, aber da hatte man getrunken. War das Aufflackern vorüber, wurde man wieder man selbst. Diesmal sind wir nüchtern, und es gibt kein Vorher, zu dem wir zurückkehren können. Das Messer schneidet auch, ohne dass man es benutzt. Es schneidet schon, wenn man es in der Hand hält. Du blickst dem anderen ins Gesicht und hast schon zugestochen.

Sie drehen sich um, gehen hinaus, die schweren Schritte auf den Holzbohlen sind Tritte. Der Wirt kommt mit dem Viertel und einem Lappen, um aufzuwischen.

»Hast du es getan?«, fragt er und zeigt auf das Messer.

Willst du eine Antwort von einem, der als Lügner bekannt ist? Du weißt besser als ich, ob ich es getan habe.

Ich trinke das Viertel, das Letzte meiner Zeit im Dorf.

Am nächsten Tag bin ich schon vor dem Morgengrauen auf den Beinen, meide die Straße, gehe durch die Wälder. Ich will nicht gesehen werden, während ich den Ort verlasse, wo ich geboren bin und gelebt habe.

Ich nehme mein Handwerkszeug mit, gehe in eine Stadt am Meer, am Fuß der Berghänge zu überwintern. Ich kenne die Stadt nicht, aber ich werde mir dort etwas zum Reparieren suchen.

NOCH VOR EINER Unterkunft suche ich ein billiges Wirtshaus, wo ich abends ein warmes Essen bekomme. Es muss ein Lokal sein, wo man einen Gruß wechselt. Ich finde eines direkt am Hafen, von einer Frau geführt, die ich sofort Padrona nenne. Ich stelle mich vor und frage, was es mich kostet, jeden Abend dort zu essen. Der Preis ist gut, und sie nennt mir auch eine Unterkunft. Eine stämmige Frau, freimütiges und schroffes Benehmen, schwarze Haare unter einem geblümten Kopftuch, jünger als ich.

Ihre Gäste sind Matrosen und algerische Arbeiter aus einem Marmorsteinbruch. Anständige Leute, sagt sie, aber keinen Wein. Es gibt nur einen Tisch, man setzt sich neben den, der schon dasitzt, auf dieselbe Bank.

So lerne ich den Teil der Reisenden kennen, der bei uns geblieben ist.

Das hat mir gefehlt, mit den Hiergebliebenen sprechen zu können. Früher gab es die Entdecker, die durch die ganze Welt zu unbekannten Völkern fuhren. Heute gibt es diese Besucher, sie kommen aus Booten an ein Festland, fragen, wie es heißt und wo es liegt. Sie erschrecken, weil sie weit weg von dem Ort gelandet sind, der auf dem Zettel in ihrer Tasche steht. Dann finden sie eine Arbeit, die sie braucht, nur sie, weil es dafür niemand anders gibt.

ICH SPRECHE MIT dem, der mir ausführliche Antworten gibt, keine einsilbigen. Ich höre Geschichten von verrückten Schicksalen, neue Arten zu sterben, in einem Kielraum, vom Gas des Schiffsmotors erstickt, erfroren im Flugzeugrumpf neben dem Fahrwerk, erstickt in einem unter der Sommersonne geparkten Lastwagen.

»Wenn der Tod gerecht sein soll, muss die Art des Sterbens gleich sein. Es ist nicht mehr so, wie der persische Dichter sagt, dass der Tod gerecht ist, weil er den Armen und den König trifft.«

Ich erzähle ihm von den Botschaften meiner Meeresfossilien auf den Bergen. Die Geographie, das Leben auf der Erde vor uns, gefällt ihm. Er versteht sich gut auf Geschichten, die Art Geschichten, die keinen Autor haben. Wie bei Sprichwörtern und Witzen, den ersten Erzähler kennt man nicht.

Es ist gut, nebeneinandersitzend zu sprechen und sich manchmal zum Nachbarn umzudrehen. Die Padrona bedient die Gäste am Tisch in der Reihenfolge ihres Eintretens. Sie behält den Namen jedes Gastes und welche Gewürze er schätzt.

An der Seite des Mannes höre ich den Krumen seines Tages zu, das schwere Gewicht, das Ersparte, die Frau in der Ferne, die Kinder, die ohne ihn aufwachsen, das Haus auf der Hochebene, das mit dem Lohn vom Marmor gebaut wird. Ich erzähle, dass ich mein Haus mit den Jahren im Kohlebergwerk verdient habe. Wir lachen über unsere schwarze und weiße Arbeit.

Tagsüber mache ich eine Runde in der Stadt, frage in Werkstätten, ob es etwas zu reparieren gibt. Dann nehme ich mir die kleinen Kirchen vor, meist findet sich dort etwas. Hier nicht, sie geben nicht viel auf deren Einrichtung.

Lange kann ich nicht mehr durchhalten, wenn nicht bald etwas auftaucht, muss ich weiterreisen. Nach der Runde durch die kleinen Kirchen stehe ich vor der großen. Ein feierlicher Ort, einschüchternd. Ich glaube nicht an die Himmel, den Himmel habe ich von nahem gesehen, er ist kalt. Um keine Kirche auszulassen, klopfe ich auch an diese. Bei der allerletzten habe ich Glück.

Der Pfarrer ist ein Mann aus Lateinamerika,

um die vierzig, er sieht mich nachdenklich an, fragt, was ich kann. Ich nenne ihm meine Varianten, und er meint, dass ich eine Reparatur versuchen könnte. Es ist eine sehr heikle Arbeit, eine Marmorstatue, ein Gekreuzigter in Lebensgröße.

Er fragt, ob ich mich mit Marmor auskenne. Ja, ich habe ihn bearbeitet, ich komme mit ihm zurecht.

ER HAT EINE ruhige, ernste Stimme, feste Hände, nicht die eines Orgelspielers. Bei einem Mann schaue ich darauf, um zu verstehen, wer er ist.

Er bringt mich zur Statue. Sie steht in einer Remise im Hof des Pfarrhauses. Die Skulptur scheint unversehrt, sie ist mit größter Präzision aus einem alabasternen Marmorblock gehauen. Ich staune, gehe um sie herum, sie muss aus der Renaissance sein, ich habe übertrieben, als ich meine Fähigkeiten aufzählte.

»WAS SAGST DU dazu?«

Das Du gefällt mir. Sie ist nicht nur herrlich, auch heil, nichts ist hinzuzufügen, nur zu säubern.

Er erzählt mir die Geschichte.

»Der Bildhauer ist ein junger Künstler aus dem frühen 20. Jahrhundert. Gleich nach seiner Rückkehr von den Fronten des Ersten Weltkriegs hat er diese Statue erschaffen, sein Meisterwerk. Der riskante, außergewöhnliche Auftrag lautete, einen nackten Christus aus Marmor zu meißeln. Die Nachkriegszeit war eine Epoche der Umwälzungen, und die Kirche verspürte die Notwendigkeit, mit der Zeit zu gehen.

Du musst wissen, dass der Verurteilte bei Kreuzigungen nackt ans Kreuz geschlagen wurde. Früher erlaubte man diese Darstellung des Leidens. Sogar Michelangelo hat einen nackten Gekreuzigten aus Holz geschaffen. Nach dem Tridentiner Konzil beginnt die Kirche, die Blöße zu bedecken.«

Während er spricht, bewundere ich das Meisterwerk, das keineswegs nackt ist.

»Der junge Bildhauer führt den Auftrag in nur einem Jahr besessener, schlafloser Arbeit aus. Doch schon im darauffolgenden Jahr ist die Zeit eine andere, und auch der Bischof ist ein anderer. Der neue befiehlt, die Blöße mit einem Lendenschurz zu bedecken. Der Bildhauer widersetzt sich, er wird entlassen. Ein anderer fügt den hässlichen Lendenschurz hinzu, den man jetzt sieht. Kurz darauf stirbt der Bildhauer im Gebirge.«

ICH VERSTEHE IMMER noch nicht, was ich tun soll.

»Wie du siehst, handelt es sich um ein Werk, das den Meistern der Renaissance ebenbürtig ist. Jetzt will die Kirche den Originalzustand wieder herstellen. Es geht also darum, den Lendenschurz zu entfernen.«

Ich betrachte den aus einem anderen Stein gehauenen Schurz, er scheint fest auf den Hüften und dem Geschlecht zu sitzen. Ich sage dem Pfarrer, beim Entfernen würde unvermeidlich die Natur beschädigt.

»Welche Natur?«

Die Natur, das Geschlecht, so nennen wir in meiner Gegend die Schamteile von Männern und Frauen.

»Das ist genau das Problem. Viele Bildhauer, die vor dir gefragt wurden, haben abgelehnt.«

Ich weiß nicht, von wo mir diese Antwort eingegeben wird, jedenfalls sage ich, dass ich den beim Ablösen des Schurzes beschädigten Teil rekonstruieren könnte. Bis jetzt habe ich fehlende Nasen, Finger, auch eine Hand nachgebildet.

Der Pfarrer mustert mich wieder, um zu verstehen, ob ich ihm zusage. Wir gehen ins Pfarrhaus, setzen uns an seinen Tisch. Er bittet mich, ihm meine Handflächen zu zeigen. Sie sind trocken, rau, das genügt ihm als Beweis.

SEIT EINEM JAHR hat er vom Bischof den Auftrag, den geeigneten Bildhauer zu finden. Die Kirche ist sich des großen künstlerischen Wertes bewusst und möchte mit Hilfe des Kunstwerks die Wahrheit des Opfers auf neue, natürliche Weise vermitteln.

Er erklärt mir, dass ich der Letzte einer langen Reihe bekannter und unbekannter Künstler bin, die er zu Rate gezogen hat. Einer sagte, das traumatische Entfernen der Verhüllung genüge als Werk bereits, um die Nacktheit und die Geschichte ihrer Zensur darzustellen. Andere, die einwilligten, machten verrückte Vorschläge. Einer stellte sich anstelle des abgelösten Teils einen Vogel vor, und zwar einen Kuckuck, weil der seine Eier in die Nester anderer Vögel legt. Ein anderer dachte an eine Blume. Einem jungen Künstler schwebte ein Wasserhahn vor.

»Ich hätte die Gespräche aufnehmen müssen. Sie hätten ein interessantes Buch ergeben.«

Kurzum, ich bin der Letzte, und das Jahr ist bald vorüber. Ich danke ihm für seine Aufrichtigkeit, ein guter Ausgangspunkt. So werde ich mich auch verhalten, verspreche ich. Wenn ich mich nicht eigne, werde ich es ihm sagen.

Er bittet mich um eine Probe. Ich willige ein, und wir kehren in die Remise zurück. Ich messe die Hüften und die Körpergröße. Zum Abschied schütteln wir uns alle vier Hände.

Ich werde eine Gipskopie des verhüllten Teils für ihn machen.

AM ABEND BETRACHTE ich mich nackt im Spiegel. Ich nehme die verzerrte Haltung des gedehnten Körpers ein, meine Natur folgt der Spannung der Bauchmuskeln und krümmt sich. In einem Beutel bewahre ich Wurzelhölzer auf, eine Wurzel der Zirbelkiefer hat Ähnlichkeit. Ich schäle die Rinde ab, säubere die Wurzel, begradige sie. Damit bereite ich die Gipskopie vor.

Unterdessen lese ich die verschiedenen Versionen der Kreuzigung im Neuen Testament. Obwohl sie lange nach dem Ereignis geschrieben wurden, haben sie den Eigensinn unmittelbarer Zeugen. Sie möchten dort sein. So laden sie den Leser ein, auch dabei zu sein.

In der Bibliothek informiere ich mich über das kurze Leben des Bildhauers. Seine Jugend fiel in die Zeit des Ersten Weltkriegs. Ich lese Seiten aus seinem Tagebuch, die für eine Doktorarbeit über ihn mit der Schreibmaschine kopiert wurden. Seltsamerweise wird der Gekreuzigte in der Arbeit nicht erwähnt, sie bezieht sich stattdessen auf Tonfiguren von Haus- und Wildtieren. Ich finde einen wichtigen Satz, den der Bildhauer schrieb: »Tinte betrachte ich als den Doppelgänger des Bluts, man tunkt die Feder in das eine anstelle des anderen. Beide enthalten das notwendige Eisen.«

Er hat den Schlamm der Schützengräben bewohnt, ein Gemisch aus Erde, Wasser, Blut und Angst, Dünger der ersten jungen Generation des vergangenen Jahrhunderts. 1919 beginnt er, menschliche Körper zu bilden. Die Anatomie hat ihm der Krieg beigebracht. Er lernt durch Mitleid und Abscheu. Beides formt das Bewusstsein, schreibt er. Die Marmorskulptur des Gekreuzigten ist sein letztes Werk. Um den Auftrag zu bekommen, machte er zuvor ein Modell aus Ton, es ist verlorengegangen.

Der Geist der Nachkriegszeit fieberte vor Vitalität, als Reaktion auf das geschändete Leben und die hohen Verluste unter der Jugend. Man wagte die Idee, die Modernität eines nackten Gekreuzigten könne für die zerstörten jungen Körper stehen.

DER BILDHAUER ARBEITET wie ein Wilder, und nach einem Jahr kann er liefern. Der Rest deckt sich mit der Erzählung des Priesters: die Weigerung der Kirche, das bereits angenommene Werk auszustellen, der Befehl, es zu verhüllen, eine Arbeit, mit der dann ein anonymer Künstler beauftragt wird, der einen anderen Stein benutzte.

Ich lese die als Faksimile nachgedruckte Zeitung von damals. Sie berichtet von dem Ereignis und dem Skandal. Ein Jahr später erfriert der Bildhauer auf dem Gipfel eines Berges in der Nähe. In seiner Tasche findet man einen Zettel, den ich mir abschreibe.

In einem Gedicht von Puschkin lese ich: »Ich überlebte meine Wünsche.« Ich nicht. Ich bin nie hier gewesen. Wenn ihr dachtet, ich sei da, war ich nicht bei euch. Wenn ich mit euch sprach, schwieg ich innerlich.

Wenn ich zwischen euch ging, stand ich still unter einem Wind, der an meiner Stelle ging. Wenn ich an eurem Tisch saß, war ich in der Küche, um Fische zu vermehren. Ihr werdet meine Abwesenheit nicht bemerken, denn dann werde ich da sein. Als Abwesender werde ich für euch immer anwesend sein.

In der Bibliothek gibt es viel zu lesen, ich mache lieber erst die Kopie, die ich dem Priester bringen will.

Ich sage ihm, wie ich sie hergestellt habe. »Mit einer Wurzel? Ein guter Anfang.« Er wird sie dem Bischof zeigen.

Im Wirtshaus sind russische Matrosen, eher Trinker als Esser, laut, sie schäkern mit der Padrona, die sie kennt und im Zaum halten kann. Die algerischen Arbeiter neben ihnen sind still, nüchtern, die Augen auf dem Teller, sie sprechen ihre Sprache voller Hauchlaute, die eine Hecke zwischen ihnen und den anderen auf der Bank errichten. Ich sitze bei ihnen, stumm zwischen gegensätzlichen Silben.

IN DEN NÄCHSTEN Tagen gehe ich wieder in die Bibliothek. Ich lese Zeitschriften von damals. Der Völkerbund entsteht, um an seinem Sitz die Probleme zu lösen, die zu Kriegen führen. Der Vorschlag des französischen Politikers Léon Bourgeois, das Organ mit militärischer Macht auszustatten, um die Beilegung der Konflikte zwischen zwei Staaten erzwingen zu können, wird abgelehnt.

Während ich beim Blättern den Staub auf dem Papier einatme, trifft mich ein Glücksfall wie ein Schlag. In einer Monatsschrift finde ich ein Foto der Originalstatue. Das Bild nimmt die halbe Seite ein, trotzdem brauche ich die Lupe, die ich in der Tasche habe, um meine Sehkraft zu verbessern. Ich betrachte die Form der ausgestellten Natur.

Ein erneuter Schlag lässt mich vom Stuhl aufspringen. In diesem sterbenden Körper gibt es den Beginn einer Erektion. Ich starre wie gebannt auf das Bild. Dann spreche ich mit mir selbst, das passiert mir bei Überraschungen. Es hat mit meinem Zwillingsbruder zu tun.

DER VERURTEILTE STIRBT, Todeskrämpfe gipfeln oft in einer mechanischen Erektion. So wütet der Tod in dem jungen Körper. Das Herz macht die letzten Schläge, das Blut bleibt in der Körpermitte stecken, der Atem entweicht, um nicht mehr zurückzukehren, losgeschickt wie ein Gruß.

Der junge Körper hört auf, dem Schmerz standzuhalten. Der Hals trägt das Gewicht des Kopfes nicht mehr, er sinkt auf die linke Schulter über dem Herzen. Der Bildhauer erinnert sich an die Körper seiner getöteten Altersgenossen, die Stauung des Blutkreislaufs im Moment des Todes. Es ist der letzte Wille des Blutes, und Blut will viel.

BEI EINER STATUE muss man das Blut ahnen können. Bei dieser sind die Adern geschwollen bis zur Unmöglichkeit. Hier ist der Tod eines alle Kraft aufbietenden Athleten dargestellt.

Seine Schönheit ist so groß, dass ein Gericht aus Frauen ihn niemals verurteilt hätte. Nicht weil sie ihn hätten umarmen wollen, nein, aus Achtung vor der Vollkommenheit. Er wäre wegen Bewunderung freigesprochen worden.

In den Gesetzbüchern ist ein solches Urteil nicht vorgesehen, passt aber trotzdem. Auf dem musischen Gymnasium hörten wir begeistert vom Freispruch für Phryne, die Praxiteles Modell gestanden hatte. Vor dem Gericht von Athen, das sie der Schamlosigkeit anklagte, wurde sie entkleidet, zum Beweis ihrer Unschuld.

ICH MACHE EINE Kopie von dem Bild auf der Zeitungsseite vom 24. Dezember 1921. Am Weihnachtsabend lädt der Bildhauer die lokale Presse zu einer privaten Vorführung ein. Dass die Statue durch den Lendenschurz beschädigt werden wird, weiß er bereits. Er nimmt das Tuch ab.

Der Berichterstatter schreibt, dass die Stunde des Sonnenuntergangs abgewartet wurde, wegen der Wirkung des rötlichen Lichts auf dem Marmor. Er nahm das Aussehen von lebendigem Fleisch an, die Schatten bewegten die Formen.

Nach dem perfekten Augenblick wurden Kerzen angezündet.

Der Berichterstatter gesteht seine Erschütterung und entdeckt zum ersten Mal, schreibt er, dass eine Skulptur nur eine einzige Lichtquelle braucht, um den Raum auszufüllen.

Ich gehe zum Priester, doch vorher betrete ich die Remise mit der Statue. Allmählich kann ich mir vorstellen, wie unsicher der Bildhauer sein musste, was die Form der Natur betrifft. Sie musste das Kreuzfeuer der Blicke ertragen, das historische Ereignis der Rückkehr eines Gekreuzigten in seine Nacktheit.

Hat er gefroren? Sicher wurde er von Schauern geschüttelt, als er mit dem Blut auch die Körperwärme verlor. Durch den Blutverlust bekam er Durst. Seine Widerstandskraft war groß, er lebte länger als die beiden anderen.

Er hatte etwas zu sagen: dass er ihnen vergab, nicht den beiden Verurteilten, nein, allen anderen. Er bat die Gottheit, die Mörder loszusprechen. Und er? Er hatte ihnen schon vergeben, aber das genügte ihm nicht. Er musste die Vergebung des Höchsten erwirken.

Wegen der Atemnot durch den zusammengedrückten Brustkorb stieg seine Bitte auf wie ein erstickter Hauch.

Vor ihm hatte noch niemand sich dem Extrem einer solchen Bitte ausgesetzt: ihnen zu vergeben. Diese Worte erheben seinen Tod zum Opfer. Ohne sie bleibt das Kreuz der Hinrichtungspfahl eines Unschuldigen.

MIR FÄLLT EINE Episode ein, die Primo Levi als Zeugnis für einen zum Tode Verurteilten schrieb, der im Hof des Konzentrationslagers in Gegenwart aller Gefangenen gehängt werden sollte. Niemand darf den Kopf senken, sie müssen zusehen. Der Krieg ist fast zu Ende, der Verurteilte schreit seinen letzten Satz: »Kameraden, ich bin der Letzte!«

Dieses Heilsversprechen für die Zurückbleibenden ist anders. Es erlangt nicht die Kraft, Generationen zu überdauern, es begnügt sich damit, die Anwesenden zu ermutigen. Gemeinsam ist beiden der Wunsch, sich an andere zu wenden, etwas Gesagtes zu hinterlassen.

Nach den Worten des Gekreuzigten wird der Pfahl zu einer Abschussrampe für Generationen.

Sie konnten nur von dort aus gesagt werden. Von einer Kanzel, von einer Bühne aus wirken sie nicht. Man muss aufs Schafott steigen, um sie zu sagen.

ICH SUCHE NACH den Gedanken des Bildhauers, vermische sie mit meinen, während ich um die Statue herumgehe.

Ich habe eine Kerze genommen, eine gute Idee, von der Zeitungslektüre eingegeben. In ihrem Licht werfen sogar die gespannten Sehnen Schatten. Ich mache eine unwillkürliche Bewegung, lege meine warme Hand auf die angenagelten Füße, aus dem Wunsch, Wärme zu übertragen.

Der Priester kommt. Sofort teilt er mir mit, dass ich freie Bahn habe. Wir gehen in seine Wohnung hinauf, ich gebe ihm die Fotokopie und meine Lupe, er starrt lange auf das Bild. Dann gibt er mir die Lupe zurück, schüttelt den Kopf. Ich spüre den Impuls, den Bildhauer zu verteidigen. Er hat dem Gekreuzigten eine kräftige Natur gegeben, so wird der Gegensatz zum Tod, zu seinem Missbrauch stärker. Es drängt einen, den entblößten Körper zu bedecken, der dem Wind ausgesetzt ist. Nicht seine Natur zu verhüllen, sondern ihm eine Decke um die Schultern zu legen, die Füße in ein wollenes Tuch zu wickeln. Das ist ein irdischer Wunsch, er hat nichts mit dem Glauben zu tun, mit Ergebenheit vor dem heiligen Bild.

ER HÖRT MIR zu, also mache ich weiter. Diese liebevolle Geste wird unmittelbar von der ausgestellten Natur angeregt. Nacktheit rührt an die ältesten Fasern des Mitgefühls. Die Nackten zu kleiden wird als eines der Werke der Barmherzigkeit vorgeschrieben, die man im Religionsunterricht lernt. Was ist das für eine Barmherzigkeit, die ich vor dieser Figur verspüre?

Es ist ein plötzlicher Antrieb im Blut. Diese Barmherzigkeit verdankt sich keiner Bitte. Sie ist nicht die Nächstenliebe eines Almosens, das in eine ausgestreckte Hand gelegt wird. Die Figur bittet mich nicht, sie bewegt sich nicht auf mich zu. Aus eigenem Impuls überwinde ich die Distanz des Zuschauers und komme näher.

Vorher kannte ich die Barmherzigkeit nicht. Ich lerne sie in diesem Moment. Ich habe Menschen beim Überschreiten einer Grenze begleitet. Es hatte nichts mit Barmherzigkeit zu tun, sie fragten, ich antwortete. Dafür reichte Brüderlichkeit.

Der Priester hört mir immer noch zu, unterdessen holt er eine Flasche Wein und zwei Gläser. Meins füllt er bis zum Rand. So machen es Arbeiter. Wenn du Wein anbietest, füllst du das Glas ganz. Es sind die Herrschaften, die wenig einschenken. Sie trinken nicht, sie nippen. Wenn du einem Arbeiter Wein anbietest, fülle das Glas bis zum Überlaufen.

PRIESTER HABEN DIE glatten Hände von Angestellten, er nicht. Woher kommen diese Hände, frage ich. Von einer Mission in Afrika, sagt er. Wo? Mosambik. Er antwortet aus Höflichkeit und um das Thema abzuschließen, er will, dass ich fortfahre. Wir trinken einen Schluck, dann beantworte ich seine Frage.

»Du spürst sie zum ersten Mal, diese Barmherzigkeit?« Ich lerne sie vor diesem nackten Gekreuzigten.

»Niemals vorher für einen echten Körper?«

Nicht so stark. Es gibt Bücher, die in dir eine heftigere Liebe wecken als die, die du kanntest, einen wilderen Mut als den bis dahin erlebten.

Das muss die Wirkung der Kunst sein: sie übersteigt die persönliche Erfahrung, lässt den Körper, die Nerven, das Blut unbekannte Ziele erreichen. Vor diesem nackten Sterbenden wurden meine Eingeweide erschüttert. Ich fühle eine Leere in der Brust, ein Zärtlichkeitswirrwarr, einen Mitleidskrampf. Ich habe eine Hand auf seine Füße gelegt, um sie zu wärmen.

»BIS JETZT WAR mir ein Unterschied zwischen Nächstenliebe und Barmherzigkeit noch nicht aufgefallen. Deren sieben Werke tut man, ohne dass man eine Bitte braucht.«

Ich sage, es sei vorgekommen, dass ich mindestens einmal eines dieser Werke getan hätte. Ich nenne sie nicht Werke. Aber meine Handlungen kann ich nicht mit der Reaktion vor diesem Bild zusammenbringen. Die anderen Regungen habe ich vergessen, diese werde ich nicht vergessen können, weil sie von dem Kunstwerk ausgelöst wurde.

Der Priester steht auf, geht zum Herd, entzündet die Flamme unter einem Topf. Er lädt mich ein, zum Abendessen zu bleiben. Ich stehe auf, sage, ich sei Gast im Wirtshaus am Fischerbootanleger.

Er kennt die Padrona, weiß von ihren guten

Preisen. Ich soll so bald wie möglich mit dem Ablösen des Lendenschurzes beginnen, sagt er.

ICH KEHRE MIT Werkzeug zurück und fange an, die Verhüllung abzuschlagen. Sie ist aus einem Granit, der in Splittern abplatzt. Auf den Hüften ist sie fest am Corpus verankert, über dem mageren Bauch ist ein kleiner Hohlraum. In diesen Raum schiebe ich den Meißel, spalte und löse. Etwas vom Schurz bleibt auf den Hüftknochen und über der Natur.

Ich versuche, so viel zu retten wie möglich, aber der Schurz sitzt fest am Körper. Ich setze den Meißel ringsum an, und die Schläge dröhnen in meinem Körper, als meißelte ich an meinem eigenen Hüftbecken.

Männliche Solidarität, sage ich mir, um weitermachen zu können. Ich setze wieder an, und die Wirkung ist dieselbe wie zuvor. Ich muss sie aushalten. Ich haue und spüre den Rückprall. Ich setze kleine Meißelstöße ringsum an, um den Granit zu schwächen. So hat sich die Frau gelöst, die mir eine Gefährtin war, mit einem klaren Abstoß am Ende. Meine Eingeweide antworten noch immer auf die Schläge.

Ein vorletzter Hieb kündigt an, dass der Granit nachgibt. Ich schlage vorsichtig, und das ganze Stück löst sich, ich fange es mit den Armen auf, damit es nicht fällt. Dann lege ich es am Boden ab.

Beim Ablösen hat es fast die ganze verhüllte Natur mitgenommen. Ich betrachte die Form, die der Bildhauer dem Tod an dieser Stelle verliehen hat. Eine hervortretende Ader läuft bis zur Spitze der weißen Natur. Sie ist beschnitten.

Ich ziehe meinen Wollpullover aus und wickele das abgelöste Stück darin ein. Ich nehme es mit in meine Unterkunft.

BEIM GEHEN MIT dem Gewicht kehrt das Gewicht des Koffers der Frau, die ich zum Bus brachte, in den Arm zurück. Sie trieb mich an, mehr zu erreichen.

Es liegt mir nicht, vorzutreten, mich zu zeigen. Mit ihr zusammen zu sein war das höchste Ziel, das meine Karriere als Mann erreicht hat.

Sie hielt mich für besser und größer als das, was ich tat. Sie schrieb an Kunstgalerien, berichtete von mir, schickte Fotos meiner Gebilde aus Steinen und Hölzern, die ich gesammelt und zusammengefügt hatte.

Es gelang ihr, eine Ausstellung zu organisieren, den Druck eines Katalogs zahlte sie aus eigener Tasche. Sie bekam eine Erwähnung in einer überregionalen Zeitung.

Sie drängte mich, mir Geltung zu verschaffen. Ich wollte in ihrer Nähe sein, zusammen durch Wälder und Steinbrüche gehen, um Formen zu suchen, sich vorzustellen, was man damit machen könnte.

Sie verstand viel von Kunst, verglich mich mit Künstlern, die ich nicht kannte.

»Wenn du in Mailand leben würdest, stünden deine Skulpturen in den Museen.«

Wenn ich in einer großen Stadt leben würde, würde ich in den Müllcontainern wühlen statt am Boden im Gebirge. Sie akzeptierte meine Verweigerung nicht. Sie empörte sich über mich, in diesen Momenten glühte sie.

Von sich selbst sagte sie, sie habe keinerlei künstlerisches Talent, sei aber zum Ausgleich unfehlbar darin, es bei anderen zu erkennen.

ICH BIN KEIN Künstler.

»Mehr als ein Künstler, du bist ein Schöpfer. Einer, der Ränder aufbricht und sich die Hände abschürft, um einen neuen Durchgang zu öffnen. Ich verstehe, dass du bescheiden sein musst, aber nicht über einfache Bescheidenheit hinaus. Stattdessen bist du demütig, verzichtest, entziehst dich deiner Pflicht, dich bekanntzumachen.«

Sie führte mich in Museen, wir reisten mit ihrem Lehrerinnengehalt. Sie unterrichtete mich in moderner Kunst, in Architektur. Ich lernte Namen, die ich vergessen habe. Ich ging mit ihr, um ihren Wünschen nachzukommen. Bei Konzerten erklärte sie mir, der ich nur Lieder aus den Bergen kenne, die moderne Musik.

Für sie waren das wichtige Dinge, die sie begeisterten. Ich schleppte mich hinter ihr durch die Museen, die mich ermüden, weil man zu langsam geht, nach jedem dritten Schritt stehenbleibt, um den Titel eines Gemäldes, den Namen eines Malers zu lesen. Museen haben für mich die Unbequemlichkeit, auf einer Ebene zu liegen. Mit auf- und abwärtsführenden Wegen, mit engen Durchgängen und Balkonen, wo ich an der Brüstung stehen und in die Ferne blicken kann, würden sie mir besser gefallen.

Diese Torheiten behielt ich für mich aus Angst, sie würde mich zum Teufel jagen.

Das hat sie getan, ich habe es nur aufgeschoben. Sie wollte etwas. Und ich liebte ihren Willen, wohl wissend, dass sie ihn bei mir vergeudete. Der Wille, besser zu werden, dem, was ich tat, einen Wert zu verleihen. Sie war überzeugt, dass es diesen Wert gab, zu dem sie nur ermutigen musste.

ES GAB IHN nicht. Das kann ich ihr jetzt sagen, wo sie nicht zuhört. In mir gab es nichts, was ihre Bemühungen wert war. Es gab mein Glück, mit ihr zu leben und dieses Glück andauern zu lassen.

Sie begann aufzuhören. Sie schnitt sich die Haare und wurde schöner. Sie trug keine Schuhe mit hohen Absätzen mehr und wurde schöner. Sie hörte auf, sich zu schminken, und wurde schöner.

»Ich bleibe, wenn du dich entschließt, für die Welt das zu sein, was du schon bist.«

Das kann ich nicht.

»Falsch. Du hast einen heiligen Respekt vor dem, was du kannst, aber den verfluchten Stolz, es nicht zeigen zu müssen. Du denkst, das Glück müsste sich deinen Bedingungen unterordnen, dich inständig bitten, wie ich. Sieh mich an, ich bin dein Glück, und ich werde dich verlassen.«

Es war Wut, Verzweiflung über meine Trägheit. Es war das Ende ihrer Mühe, mich mitzuschleifen.

Ich hatte mit den ersten Grenzübergängen begonnen, ohne es ihr zu sagen, damit sie mir nicht vorwarf, dass ich mich von meinen künstlerischen Aufgaben ablenken ließ. Die waren heilig für sie, alles andere war profan. Als sie es erfuhr, sagte sie, sie habe mit einem Künstler gelebt und wolle nicht mit einem Schmuggler leben.

ICH BETRACHTE MEINE leeren Hände, denen ihre Hände fehlen, und greife zu Hammer und Meißel, weil ich etwas in den Händen halten muss. Ich behaue einen kleinen Baumstumpf, haue, bis ich das Werkzeug nicht mehr heben kann. Atme durch die Nase, der Mund ist verschlossen durch die zusammengebissenen Zähne.

Ich sage mir, dass ich Regen auf meinem Feld hatte und mich davon habe durchnässen lassen, solange er anhielt. Es nützt nichts, jetzt in die Wolken zu schauen, jetzt muss man auf den Boden schauen. Ich zähle mir ein paar gute Gründe auf, keiner hilft.

Wir spielten Karten, ich konnte mir die Karten gut merken, gewann häufiger. Wenn sie gewann, war Karneval, sie verspottete mich, sagte, ich würde mit meiner Niederlage hadern.

»Du kannst nicht verlieren.«

Ich antwortete nicht, dachte aber stumm das Gegenteil. Doch, ich kann, ich kann alles verlieren.

Jetzt, wo sie nicht mehr da ist, sage ich es ihr im Dunkeln. Du hattest recht, ich kann dich nicht verlieren. Ich brülle noch immer innerlich wie ein Huhn, dem man den Hals umgedreht hat.

Es geschieht nicht zweimal, dass man mit der Heftigkeit einer Mission geliebt wird. Vielen geschieht es kein einziges Mal.

OHNE SIE HAT sich auch das Begehren abgelöst. Zwei über die Grenze begleitete Frauen boten mir an, mit ihrem Körper zu bezahlen. Ich stimmte zu und sagte, sie könnten ihre Schuld hinter der Grenze begleichen. Dann sahen sie, dass ich das Geld zurückerstattete, dass es also keine Schuld gab. Sie hatten schon genug bezahlt, um bis dorthin zu kommen.

Jetzt vermeide ich es, Frauen anzuschauen, die auf der Straße meinen Weg kreuzen. Ich bin ein Neutrum geworden, weniger als enthaltsam. Das muss der Grund sein, warum ich mich für die übernommene Aufgabe geeignet fühle. Es geht darum, ein Stück Anatomie auszubessern, ohne den Gegenwert des Genusses.

Ich bringe dem Priester das abgelöste Stück, frage, ob ich weitermachen soll, nachdem er das Detail gesehen hat. Er berät sich mit dem Bischof, sie laden mich zum Gespräch ein.

Ich begegne einem Mann in meinem Alter, blasser und magerer. Zum ersten Mal spreche ich mit einem Bischof, ich frage, ob ich ihn Eminenz nennen soll.

»LASSEN WIR DIE Titel beiseite. Titel stehen vor einem Menschen wie der Esel vor der Last. Kommen wir zu uns. Sie sind sich bewusst, dass dies heilige Materie ist. Halten Sie sich für fähig, sie als solche zu behandeln, oder ist das für Sie nichts weiter als eine Skulptur?«

Die Worte des Gekreuzigten sind heilig, antworte ich, sein Körper nicht, er musste geboren werden und sterben wie jeder Organismus. Jetzt haben Sie das Detail der ursprünglichen Blöße vor Augen. Ich warte auf Ihre Entscheidung.

»Dieser Körper, der für Sie nicht heilig ist, wird es am Kreuz, das sich in einen Gegenstand der Anbetung verwandelt. Ich frage Sie, ob Ihnen das Detail der Versteifung nicht übertrieben erscheint.«

Sie wird nur angedeutet und entspricht den Todeskrämpfen. Es ist kein Detail, es ist der Höhepunkt der Qual. Ich erlaube mir die Frage, ob sie beabsichtigen, die Skulptur auszustellen oder nicht. Für mich macht das einen Unterschied. Bleibt sie verborgen, verliert die Arbeit für mich an Bedeutung. Ich bitte um Entschuldigung für die Offenheit, die der Priester und ich für unsere Gespräche vereinbart haben.

»Jetzt machen Sie sich zum Sprecher des Bildhauers, und das sind Sie nicht. Sie sind ein tüchtiger Handwerker, verwechseln Sie sich nicht mit einem Urheber.«

Er hat recht, bis jetzt habe ich Nasen, Finger, eine Hand repariert. Hier geht es um den Mittelpunkt der Statue, auf den sich alle Aufmerksamkeit konzentrieren wird. Genau dort zeigt sich das Leben zum letzten Mal. Die Aufgabe, die Sie mir anvertrauen, besteht nicht darin, einem Verstümmelten eine Prothese anzupassen, sondern ein Meisterwerk zu vervollständigen. Wenn das Original wiederhergestellt wird, ist der Skandal garantiert.

Der Priester hört dem Dialog ohne ein Zeichen der Anteilnahme zu. Es ist ein regnerischer Tag, an den Fensterscheiben gleitet das Wasser in Strömen hinab. Auch der Bischof kommt aus Lateinamerika, er ist kein Funktionär des Apparats. Während der Niederschlagung eines Bauernaufstands saß er im Gefängnis.

»Glauben Sie an Gott?«

Nicht an die Gottheit, ich glaube an einen Vertreter der menschlichen Spezies.

»Was verstehen Sie unter heilig?«

Das, wofür ein Mensch zu sterben bereit ist.

»Ist der Mensch der Statue für Sie ein Heiliger?«

Der Grund, aus dem er das Opfer auf sich nimmt, ohne zu verhandeln, dieser Grund ist heilig.

»DANN FAHREN SIE fort mit der Arbeit. Ich kann nicht versprechen, dass sie an einem geweihten Ort ausgestellt wird, diese Entscheidung liegt nicht bei mir. Ich kann Ihnen aber voraussagen, dass der Künstler mit diesem Werk einen Namen erhält, der so verehrt werden wird wie die Meister der Renaissance. Die einflussreichste internationale Kunstkritik wird auf seine wenigen Skulpturen aufmerksam werden. Die Kirche hat eine gute Abteilung für Öffentlichkeitsarbeit, sie wird zu dieser Anerkennung beitragen. Ich hatte den Auftrag, die Restaurierung der geeigneten Person anzuvertrauen. Ich habe viele Künstler befragt, die von unserem Freund, dem Priester, ausgewählt wurden, aber ich suchte einen Mann mit einer Lebensgeschichte, mit Eigenschaften, die nichts mit seiner künstlerischen Begabung zu tun haben. Die Nachricht von Ihrem Begleitdienst über die Grenze ist auch bis zu uns gedrungen. Das Werk wird in Museen ausgestellt werden. Die Kirche wird ihre Zustimmung geben, aber ich kann Ihnen nicht sagen, ob sie es in ihrem Raum beherbergen wird.«

Ich schaue durch das Fenster hinter seinem Rücken. Bei diesem Wetter würde ich niemanden über die Berge begleiten. Mir kommt eine Frage in den Sinn, auf welcher Höhe liegt Jerusalem.

»Etwa achthundert Meter.«

Ich frage, ob es dort schneit.

»Fast jeden Winter.«

Ich will mir vorstellen, welche Temperatur an jenem Leidensfreitag zwischen März und April geherrscht hat. Beim Aufstieg auf den Hügel mit der Last aus Holz auf dem Rücken wurde der Körper warm. Dann, gefesselt hochgezogen, dem Wind ausgesetzt, fror er. Die Krämpfe des Todeskampfes verbrauchten die letzten Kalorien.

Ich teile den beiden Männern diese Gedanken mit. Und füge hinzu, dass ich als Restaurator nicht genannt werden will.

Der Bischof ist dem Hin und Her meiner Sätze gefolgt, sieht den Priester an, der zu meiner Bitte nickt. »Sie werden die Nacktheit dieses Körpers enthüllen und wollen das Detail ihres Namens verdecken?«

So ist es, ich bin kein Künstler, die Signatur ist fehl am Platz. Der Name des Mannes, der den Lendenschurz anbrachte, ist nicht geblieben, der Name des Mannes, der ihn abnahm, wird nicht bleiben.

Ich bitte darum, die Heizung im Raum der Statue abzustellen. Um mich den Absichten des Bildhauers anzunähern: ich vermute, er hat bei Außentemperatur gearbeitet.

Der Marmor des Kreuzes ist glatt, poliert, der des Körpers nicht, er deutet eine Gänsehaut an. Auch das trägt zum Wunsch bei, ihn zu wärmen.

Ich gebe dem Priester die Hand, der Bischof aber macht ein Segenszeichen über mir.

ES IST JANUAR, Wolken ziehen in Fetzen vorüber. Die Sonne schlüpft durch die Lücken, und wer unter ihr geht, sieht sich von einer kleinen Gefälligkeit eingeholt. Ich spaziere über den Strand, habe den Brotbeutel dabei, um Muschelschalen, gebleichte Hölzer zu sammeln. Ich gehe barfuß, die Fußsohlen erhalten durch die Schritte eine Massage.

Das Meer hat der Gekreuzigte nicht gesehen. Er war bei Fischern, die in Seen fischen, umgeben von Uferrändern. Eine Weite ohne Hintergrund vor sich zu haben tut den Augen gut.

Ich bin zum ersten Mal am Meer. Ich habe die *Odyssee* und die Bücher von Stevenson gelesen, im Kino habe ich es bei *Moby Dick* gesehen, meine Füße tauche ich zum ersten Mal hinein. Ich hatte gedacht, es sei laut, nein, es ist eine Weide, die Wellen sind langsam, kommen hintereinander an, wie Kühe bei der Rückkehr in den Stall. Ich trage das Gebirge mit mir herum. Während ich das Meer betrachte, achte ich auch auf den Kies aus Steinchen, die die Fußsohlen reiben. Ich lasse sie nass werden, das Wasser ist kalt, aber nicht so kalt wie ein Gebirgsbach.

Von einem Gipfel aus kann ich weit sehen, der Horizont liegt über dem Ziel des Aufstiegs. Hier aber senkt sich der Horizont bis auf den Meeresspiegel. Er ist leer und offen, ohne sich um einen Meter zu erheben.

ICH HEBE EINE Muschel auf, sie hat die Form eines Ohrs. Ich halte sie an meines, es heißt, darin hört man die Wellen. Es ist nicht das Geräusch, das ich erwartet habe. Die Wirkung ist ein Echo in einer Zisterne, die Muschel wiederholt das Rauschen in meinem Ohr, das Umherirren der Geräusche in einem Labyrinth.

Mit dem anderen Ohr höre ich das verstärkte Geräusch der Welle, die über den Kies zurückfließt. Das älteste Geräusch der Welt, es ist seit allen Erdzeitaltern hier. Es war schon da, als noch niemand es hören konnte. Es hat Millionen Jahre gebraucht, bevor es in einen Gehörgang dringen konnte. Diese Gedanken steigen von den bloßen Füßen auf dem Kies auf, der Grenze zwischen Land und Meer.

Wer weiß, was man träumt, wenn man in der Nähe des Meeres schläft. In meinen Träumen rollen Lawinen, der Blitz entzündet den Baum, ich schlage mit dem Beil auf einen Stamm, der nicht nachgibt, ringe mit einem Bären, der mich immer wieder tötet.

Er muss in den Träumen stecken, der Unterschied zwischen dem, der mit den Bergen lebt, und dem, der das Meer zum Nachbarn hat. Und die Menschen in den überfüllten Städten? Ich beschließe, dass sie voneinander träumen.

AM UFER SIND Fischer, sie werfen zwei, drei Angeln aus, warten im Sitzen. Ich gehe hinter ihnen vorbei. Der Wind vom Land hilft den Ködern, ins Meer hinauszutreiben.

Eine Frau geht mit einem Hündchen spazieren, das wie verrückt rennt und die Wellen anbellt. Unsere Wege kreuzen sich, sie trägt keine Sonnenbrille, darum lächele ich sie an. Sie erwidert meinen Gruß, bleibt stehen, fragt, ob ich es bin. Sie hat das Gesicht in einer Zeitung und einer Fernsehreportage über die Grenzübertritte gesehen. Sie fragt, was ich am Meer mache. Ich überwintere. Diese Veröffentlichung hat die Behörden aufmerksam gemacht, mit den Gängen ist Schluss.

Wir beginnen ein Gespräch, setzen uns ans Ufer. Das Hündchen legt sich zu meinen Füßen nieder. Sie wundert sich, ich nicht, Hunde mögen mich, sie wittern den Geruch der Wälder in den Kleidern.

ICH ZEIGE IHR meine Fundstücke, erkläre, was ich damit mache. Sie fordert mich auf, ihren Beruf zu raten. Ich versuche es: Astronomin, Schachspielerin, Meeresbiologin.

»Nichts Großartiges, ich organisiere Reisen.«

Ohne selbst mitzufahren.

»Manchmal muss ich dabei sein.«

Wir sind Kollegen, sage ich zum Scherz.

»Meine sind reich, deine arm.«

Danke für das Du, eine Geste der Höflichkeit von einem jungen Menschen. Meine Reisenden haben Geld, sie müssen für jedes noch so kleine Weiterkommen zahlen. Die Armen können nicht fliehen.

»Dann liegt der Unterschied im Reiseziel, meine Kunden wissen alles vorher.«

Die, die ich bringe, kennen die Strecke nicht, das Ziel schon. Sie sind verängstigt und mutig, unschlüssig und nicht aufzuhalten. Einer aus Guinea-Bissau ist im Kielraum gereist, hinter einem Löwenkäfig versteckt. Sie haben ihn freundlich empfangen, sich an den Gitterstäben gerieben, damit er sie berührte. In Neapel ist er an Land gegangen, wo man nicht auf seine Hautfarbe achtete.

SIE ERZÄHLT VON Reisen, wir wandern über den Strand, bis es zu dunkeln beginnt. Wir gehen zu ihrer Wohnung, um den Hund dort zu lassen. Sie lädt mich ein, mit hinaufzukommen, ich warte auf der Straße. Wir gehen ins Kino, dann zum Hafen, um frittierte Calamari zu essen. Sie mag meine Stimme. Männer sprechen betont, um sich interessant zu machen. »Sie schmettern ihre Männlichkeit heraus, du nicht. Du sprichst von Mensch zu Mensch, nicht von Mann zu Frau. Du willst nicht interessant wirken. Und du lächelst nicht, hast aber Falten am Augenrand.«

Ich lächele nicht, es kommt mir nicht in den Sinn.

»Um zu lächeln, musst du dran denken?«

Das Lächeln ist ein Gedanke, scheint mir. Sie lächelt. Ich straffe die Schläfen, kneife die Augen zusammen, aber das ist kein Lächeln. Es ist die schützende Kontraktion des Gesichts, wenn ich an einer Skulptur arbeite. Ich arbeite als Bildhauer, sage ich.

»Bildhauer lächeln nicht?«, fragt sie, überrascht von meiner Erklärung. Wir essen Calamari-Ringe und blicken auf den Hafen. Die Fischerboote schwanken im Wind, machen ein leises Geräusch von Seilen und Räderwerk.

Es herrscht dörfliche Stille, wenn die Menschen zu Hause am Herd stehen. Ich falte die Finger um das Glas. Sie legt ihre Hände darüber.

»Manchmal habe ich das Bedürfnis, meine Hände um einen Baum zu legen. Dann meine ich zu spüren, wie der Saft in ihm fließt. Es macht dir doch nichts aus, wenn ich dich als Baum behandele?«

Ich hole einen Atemzug aus der Brust und blase ihn über die verbundenen Hände. Dann löse ich die Finger vom Glas und aus ihren. Sie will die Rechnung bezahlen. Wir teilen. Ich begleite sie.

AM FRÜHEN MORGEN gehe ich um die Statue herum. Für das Aufstellen des Kreuzes im Boden brauchte man ein mindestens ein Meter tiefes Loch, das gut mit Steinen ausgefüllt werden musste, damit das Kreuz nicht schwankte oder umstürzte.

Es wird frisch geschlagenes Holz gewesen sein, entlaubt und entrindet. Der Bildhauer wollte es glatt, als Kontrast zur Haut des Verurteilten, die rau von der Kälte und den Wunden war.

Was taten sie hinterher mit dem Holz? Benutzten sie es für die nächsten Hinrichtungen? Ich bedauere, dass ich so grundlegende Dinge wie die Art des Holzes nicht kenne. Der Gekreuzigte hat es erkannt, er war vom Fach. Wahrscheinlich hat er ein wenig Vertrautheit mit dem Geruch, den Knoten im Stamm empfunden, eine Erinnerung an die Werkstatt.

Er wird an die Nägel gedacht haben, die er viele Jahre lang eingeschlagen hat, besonders mühevoll bei Kastanienholz. Jetzt hefteten die Nägel ihn ans Holz. Mir fehlt das Wissen des Chronisten.

Ich beginne die Stellen zu reparieren, die beim Abschlagen beschädigt wurden, glätte sie mit verschiedenen Werkzeugen, zuletzt mit Sandpapier. Es ist kalt, ich wärme mich mit dem, was die Hände tun.

ABENDS GEHE ICH zum Essen, setze mich neben den algerischen Arbeiter. Ich erzähle ihm von der Restaurierung des Gekreuzigten. Er ist Moslem, der Islam kennt Jesus als Propheten. Das Schicksal der Propheten sind schwierige Leben und Tode.

Auch der Islam hat grausame Marterpfähle benutzt. Wir sprechen darüber, wie viel Böses die menschliche Spezies für sich selbst erfunden hat. Kein Tier kommt unserem Schlechtesten nah. Keine Kreatur hat die Folter des Pfählens erdacht. Die Geschicklichkeit des Henkers bemaß sich an der Verlängerung des Todeskampfes.

Einen Moment lang unterbrechen wir das Essen, sehen uns an, senken die Augen. Noch vor kurzem hätten wir solchen Hinrichtungen auf öffentlichen Plätzen zugeschaut, ohne den Blick zu senken. Sie waren von den Behörden angeordnet: das genügte, damit alles in bester Ordnung war.

Schließlich sagt er: »Die Zeiten von heute sind mir lieber.«

DAS KLEINE WERK, das ich ausführen muss, bemächtigt sich meiner Sinne. Ich sehe die Dinge ringsum durch den Spalt, den es mir lässt. Die Säuberung der Stellen, wo der Schurz abgeschlagen wurde, wird mühsamer. Ich muss mit bloßen Händen arbeiten, trage eine Stirnlampe, um zu kontrollieren, was ich entferne.

Das Polieren der Hüften, Stunden stummen Reibens, ich winde mich um seinen Körper wie eine Kletterpflanze. Im Johannesevangelium lese ich, dass er sich mit einem Reptil vergleicht.

»Wie Mose in der Wüste die Schlange erhöht hat, so muss der Menschensohn erhöht werden.« Moses steckte eine kupferne Schlange auf einen Stab als Heilmittel gegen den Biss der Schlange in der Wüste. Wer die Augen zu diesem Bild hob, überlebte. So musste auch er an die Spitze des Pfahls gehoben werden, um des Heils willen.

Ich suche jemanden, der mir erklären kann,

warum er sich mit einer Schlange vergleicht, einem Tier mit schlechtem Ruf. Eine alte Frau, meine Nachbarin im Erdgeschoss, versteht sich auf die Schlangen, denen man im Traum begegnet. Sie zählt mir mehrere Fälle auf.

»Wenn sie vor dir erscheint und dir nichts tut, ist das eine Ankündigung von Einkünften. Wenn sie dich beißt, heißt das gute Gesundheit und doppelte Einkünfte.«

»Wenn du sie tötest, sind die Einkünfte verloren.«

»Wenn du derjenige bist, der sie sieht, hilft dir ein Mensch. Wenn sie giftig ist, bist du derjenige, der helfen muss.«

»Wenn du auf sie trittst, wirst du einen Betrug entdecken.«

»Wenn du von ihr umringt bist, darfst du dich nicht rächen.«

DIE SCHLANGE IST überall ein beliebtes Thema, jeder hatte seine Schlange. Der Priester hat seine Erfahrung mit ihr in Afrika gemacht. In dem Dorf, wo er wohnte, hörte man oft den Schrei, der sie ankündigte. Man unterbrach die Arbeit, um die Gefahr zu töten.

»Wenn ich heute daran zurückdenke, glaube ich, dass diese Schlangen eine Übereinkunft mit den Menschen suchten. Ohne zu stören, wollten sie von der Jagd auf Ratten leben, von denen es in unseren Siedlungen wimmelte. Doch Kinder stecken ihre Hände überall hinein. Ein Mann hebt keinen Stein auf, um zu sehen, was darunter ist, steckt seine Hände nicht ohne Werkzeug in einen Stapel Holzscheite. Für die Kinder tötete man die Schlangen. Mir bleibt die Erinnerung an das Unbehagen, wenn ich den Alarmruf hörte.«

Ich frage ihn, wie er den Vergleich von Jesus mit der Schlange deutet.

»Moses Schlange heilte den, der seine Augen zu ihrem Bild erhob. Jesus schreibt sich dieselbe Fähigkeit zu, vom Biss zu heilen, dem der Sünden. Diese Erklärung stammt von Augustinus, es ist nicht meine.«

BEIM ABENDESSEN SEHE ich die Frau vom Strand wieder. Sie hatte ein Foto von mir gemacht, und damit hat sie herumgefragt. Sie lädt mich ein, mit ihr in einem anderen Lokal zu essen. Gern, antworte ich, aber in der Nähe, ich habe abends früh Hunger. Sie fährt in Richtung Hügel.

Ich plaudere über meine verfrühten Zeiten, ich habe nordische Magensäfte, um sieben Uhr abends wollen sie schon ihren Dienst antreten. Ihr Parfüm nach Bergamotte kitzelt mich in der Nase. Ich öffne das Fenster, der Abend ist frisch, sie nennt ihn kalt.

Wir fahren weit, mein Magen brummt. Sie sagt: »Wir sind da.«

Wir gehen Stufen hinunter und kommen in einen Keller aus Tuffstein, auf den Tischen liegen weiße Tischtücher, die Wände sind kahl. Sie hat vorbestellt. Wusste sie, dass ich einwilligen würde?

»Ich wäre trotzdem hergekommen.«

An meinem Platz stehen vier Gläser, ich versuche herauszufinden, welches das für Wasser ist. Sie wählt die Speisen aus. Der Kellner ist elegant gekleidet, wie ein Trauzeuge.

Die beiden reden miteinander, ich schaue mich um, berühre das Besteck, drehe den handbemalten Teller um. Ich müsste verstehen, was diese Frau in einem Kleiderständer wie mir sieht.

Nach dem ersten Glas Wein, das in meine Leere hinabfließt, erzähle ich ihr rückwärts, was ich gerade mache, beginnend mit dem Gespräch über die Schlange.

Das interessiert sie, sie rät mir, die Meinung eines Bekannten von ihr einzuholen. Er ist kein

Zoologe, sondern Rabbiner. Im Alten Testament kommt die Schlange häufig vor.

SIE ERZÄHLT MIR von ihrer. In einem Garten in Arizona entdeckte sie einen Meter entfernt eine zusammengerollte Klapperschlange. Der Schwanz vibrierte nicht, sie bewegte sich nicht, ihre Farbe glich der des Erdreichs. Die Frau hatte gerade einen Zitronenbaum betrachtet, hatte aber die Anwesenheit der Schlange gespürt und sich umgedreht.

Statt panischer Angst überfiel sie eine reglose Ruhe. Auch das Reptil bewegte sich nicht. Dann entfernte sie sich sehr langsam, Zentimeter für Zentimeter. Die Schlange betrachtete sie, ohne sich zu rühren.

»Eigentlich habe ich Angst vor Reptilien, ich kann mir nicht erklären, warum ich damals keine hatte, auf so geringe Entfernung.«

Weil du in einem Garten warst, sage ich. Seit Eva ist zur Genüge bekannt, dass eine Frau neben einem Baum und einer Schlange weiß, was sie zu tun hat.

»Ich finde nicht heraus, ob du weise oder albern bist.«

Ich bin alt, ein Mittelding zwischen dem Körper und seinem Schatten.

»Im Gegenteil, mir scheinst du sehr viel Körper und kein Schatten.«

Dort, wo ich herkomme, ist Schatten ein Glas Wein. Ich trinke noch eins, blasses Rot. Welche Art Fisch ich auf dem Teller in der Soße liegen habe, weiß ich nicht.

AN DEN NACHBARTISCHEN sitzen andere Paare. Ungerade Zahlen sind hier offenbar nicht erlaubt, sage ich.

»Ich möchte den Schmugglerweg über die Grenze mit dir gehen.«

Ich frage nicht, warum. Vermutlich will sie ihn als Reiseziel anbieten und herausfinden, ob er zu bewältigen ist.

Ich frage nicht, warum, es gehört sich nicht, eine Frau nach ihrem Warum zu fragen. Nach dem Alter zu fragen ist weniger ungebührlich, als nach Gründen zu fragen. Es zwingt dazu, sich einen auszudenken. Während ich die Antwort hinauszögere, spreche ich mit mir selbst. In meinem Inneren gibt es eine Gegenrede: Den Journalisten habe ich nicht begleitet, warum muss ich es bei ihr tun? Der innere Konflikt dauert, kostet mich eine sperrige Stille. Ich löse ihn mit einem Kompromiss.

Im Spätfrühling ist es machbar, je nachdem wieviel Schnee sich im Winter angesammelt hat.

»Im Winter ist es unmöglich?«

Es wird zum Alpinismus. Sie fragt nach Weglängen, Stunden, Höhenunterschieden. Ich bleibe vage: hundert steile Meter sind schlimmer als fünfhundert auf einem Hang.

SIE WAR IM Himalaya, hat Expeditionen begleitet. Sie erzählt vom Island Peak, sechstausend Meter, sein Gipfel blickt auf die gigantische Südwand des Lhotse.

Du bist mehr Bergsteiger als ich, sage ich.

»Nein, ich bin mit Führern gegangen, an festen Seilen bis zum Gipfel.«

Sie erzählt von Flughäfen mit kurzen Start- und Landebahnen zwischen diesen Bergen. Gelandet wird bergaufwärts, statt zu sinken, steigt das Flugzeug auf und berührt den Boden, wenn es auf einer Rampe bremst. Die Abflüge dagegen lassen das Flugzeug am Ende der Startbahn in die Tiefe stürzen, dann steigen sie auf.

Du hast viel von der Welt gesehen, sage ich.

»Gesehen, ja, aber nur gesehen, mit dem schwächsten der Sinne. Man muss in der Welt drin sein, um etwas von ihr zu verstehen. Der Tee, den uns die Träger dort kochten, wo es keine Vegetation mehr gab, wurde aus dem trockenen Dung der Yak gemacht. Sie sammelten ihn ein, während die Tiere die Lasten trugen. Eine wie ich braucht einen Führer in jedem Winkel der Welt, damit ich mich mit der Reisegruppe hinter mir bewegen kann. Darum bewundere ich alle, die in der freien Natur allein zurechtkommen.«

ICH BITTE SIE um die Adresse des Rabbiners. Wir verlassen das Restaurant, ohne dass jemand die Rechnung erwähnt. Sie ist so rücksichtsvoll, nicht zu zahlen, wenn ich dabei bin. Danke, Signora, sage ich.

»Gern geschehen, Signor Schmuggler. Nehme ich dich mit zur mir nach Hause?«

Ich schweige, ich glaube nicht, dass diese Frau Lust hat, unter meinen Kleidern zu wühlen. »Ich frage dich nicht, ob ich dir gefalle. Ich frage, ob du möchtest.«

Ich habe seit drei Tagen nicht geduscht, sage

ich, aber vielleicht sind es vier. »Du duschst bei mir.«

ICH HABE EINE Verabredung mit dem Rabbiner, wir treffen uns am Hafen. Er ist jung, verheiratet, beschäftigt sich mit moderner Kunst und ist ein Freizeitastronom. Er hat Sterne entdeckt.

»Man weiß, dass ihre Anzahl unendlich ist, der Liste einen neuen hinzuzufügen ist nicht gerade etwas Besonderes, aber immer wenn es geschieht, applaudiere ich unwillkürlich dem Himmel. Uns Männern ist es nicht vergönnt, ein neues Leben in die Welt zu setzen. Wir können dem Verzeichnis einen Stern hinzufügen.«

Ich frage, ob mehr Sterne zu kennen, mehr Entfernungen, die Erkenntnis wachsen lässt oder nur ein Archiv vergrößert.

Er sagt, dass wir die Grenzen des Universums aufstöbern wollen.

Es sieht so aus, als stünde uns das nicht zu, sage ich.

»Richtig, aber wir sind nicht frei, damit aufzuhören. Wir gehören zu einer hartnäckigen Spezies.«

ES IST EIN klarer Tag, wir gehen am Meer entlang. Ich erzähle ihm von meinem Auftrag, er weiß es bereits. Er kennt den Künstler des Kruzifixes, hat eine seiner Skulpturen gesehen, einen Hund, der sich auf die Hinterbeine stellt, eine Hymne an die Freude.

Er ist neugierig auf den Mann, der endlich beauftragt wurde, das Ärgernis zu restaurieren. So nannte es sein Vater, ein Schneider, wenn er Maß für eine Herrenhose nahm. Er fragte den Kunden, auf welcher Seite, rechts oder links, er das Ärgernis trage. Die besten Antworten notierte er in einem Heft.

Ich könnte es nicht sagen, auch dort wechsle ich zwischen rechts und links.

»Ich würde gerne wissen, auf welcher Seite die Statue das Ärgernis trägt.«

Schwer zu sagen, wegen einer beginnenden Erektion. Er erschrickt.

»Mischen Sie sich da nicht ein, lassen Sie die Sache fallen. Sie können sich nicht vorstellen, in welch brennenden Dornbusch Sie da hineingeraten.«

Ich kann mich nicht mehr zurückziehen, ich habe die Verhüllung abgeschlagen und die bedeckten Stellen dabei beschädigt. Wie bei einer Bergbesteigung gibt es auch bei einer Skulptur einen Punkt, von dem es keine Rückkehr mehr gibt, von dem aus man nur vorwärts gehen kann.

»Dann legen Sie ihm den Lendenschurz wieder an.«

Er war aus Granit, und jetzt ist er zerbrochen.

WIR GEHEN GEGEN den Wind, während ich ihm von meinem Impuls erzähle, den Blickwinkel des Bildhauers zu teilen: Er wollte sich in sein Objekt hineinversetzen, mit ihm die letzte Stufe hinaufgehen. Die angedeutete Erektion ist das ergreifendste Detail aller christlichen Bilder, das Zucken des Lebens, das sich widersetzt. Der Bildhauer hat danach nichts mehr geschaffen, man hat ihn erfroren im Gebirge gefunden, halb nackt. In großen Höhen, nicht bei uns, will ein Bergsteiger, den ein Hirnödem befallen hat, sich ausziehen, auch bei einem Schneesturm. Er glaubt, ihm sei warm.

Im Fall des Bildhauers gab es kein Hirnödem. Es handelt sich um den Wunsch nachzuahmen. Die Statue hat eine Gänsehaut.

Wir schlagen die entgegengesetzte Richtung ein. Der Wind schiebt uns von hinten, die Worte laufen vor uns her. Ich frage ihn nach dem Vergleich zwischen Jesus und der Schlange.

»Für uns liegt die Erklärung im numerischen Wert der hebräischen Wörter. Da wir keine arabischen Zahlen haben, benutzen wir die Buchstaben des Alphabets, um sie darzustellen. Ein Wort ist auch eine Reihe von Zahlen, eine Summe. Zwei Vokale mit derselben Zahl bilden ein festes Paar, wie bei Reimen. Nun, das Wort Schlange hat denselben numerischen Wert, dieselbe Summe der Buchstaben wie das Wort Messias. Er ist ein gebildeter Jude und spricht mit einem anderen gebildeten Juden, der die Bedeutung des Vergleichs erfassen kann. Wie die Schlange erhoben wurde, so wird der Messias erhoben werden.«

FÜR EUCH WIE auch für die Christen geschieht hier also eine Neubewertung der Schlange.

»Die Sache ist die, dass dieser Mann sich hier als Messias bezeichnet. Zu seiner Zeit hatte das nicht die Bedeutung des Endpunktes der Welt. Er konnte ein Priester sein oder ein König, einer, der mit einem besonderen Öl gesalbt wird. Messias kommt vom hebräischen Verb salben. Was hier passiert, ist eine Bedeutungsverschiebung des Titels, der zum Zielpunkt der Geschichte wird. Hier bekommt das Wort Messias eine Majuskel, die es im Hebräischen nicht gibt. In den Ohren seiner Zeitgenossen ist der Skandal groß. Er hat politische Konsequenzen: Wenn das Ende der Welt nah ist, was nützt es da noch, gegen die fremde Besatzungsmacht für die Unabhängigkeit zu kämpfen? Wenn der Messias der Sabbat der Welt und heute schon Freitag ist, kommt man besser mit seinem Gewissen ins Reine und wartet.

»Das ist die unerträgliche Neuigkeit, die er bringt. Niemand möchte Zeitgenosse des Weltuntergangs sein.«

Ich danke ihm, ich habe genug gehört, um meine Verwirrung zu vertiefen. Der Satz gefällt ihm, denn plötzlich sagt er, er habe seine Meinung geändert.

»Machen Sie die Restaurierung.«

Wir verabschieden uns mit meinem Versprechen, ihn auf dem Laufenden zu halten.

BEIM ABENDESSEN BRINGT ein Fischer ein Exemplar des Korans, das er in seinem Netz aus dem Wasser gezogen hat. Er überreicht es dem algerischen Arbeiter. Die Seiten haben sich mit Meerwasser und Salz vollgesogen, der Wind hat sie getrocknet. Der Arbeiter empfängt das Buch mit beiden, zum Tablett geöffneten Händen, küsst das Papier. Der Fischer sagt, sie ziehen jede Art Gepäck an Bord, auch die zersetzten Körper derer, die es trugen. Die geben sie dem Meer zurück mit dem Gebet um ewige Ruhe.

Ich denke daran, dass mir nie Worte eingefallen sind, die ich hätte sprechen können, während ich die Überreste der Menschen begrub, die es im Alleingang versucht hatten. Ich habe nur einen Haufen Steine darüber geschichtet, um ein Zeichen zu hinterlassen.

Der Fischer hat schon öfter Bücher aus dem Wasser geholt. Er wundert sich, dass jemand Bücher in das bisschen Gepäck steckt, das die Schlepper erlauben, und damit einem Paar Schuhe, einem Wollpullover Platz wegnimmt. Der algerische Arbeiter unterbricht sein Abendessen, schlägt das Buch auf und glättet die Seiten. Der Fischer geht nicht weg, vielleicht wartet er auf eine Belohnung. Der algerische Arbeiter ist gerührt, sagt immer nur Danke.

Bei dem Wort Schlepper mische ich mich ein. Auch ich habe dafür gesorgt, dass das Gepäck der Grenzübergänge reduziert wurde. Ich sage, dass ein Buch als Glücksbringer dient, als Reisegefährte, als Schutzengel. Für die, denen es heilig ist, dient es auch als Reisepass. Durch mein Dorf an der Grenze kommen Männer mit diesen bedruckten Seiten.

»Woher weißt du das? Bist du ein Zollwächter, kontrollierst du das Gepäck?«

Mein Eingreifen passt dem Fischer nicht, ich lenke den Arbeiter ab, er wird sein Trinkgeld nicht bekommen.

Ich bin kein Zollwächter. Enttäuscht geht der Fischer seiner Wege.

»Das ist unser heiliges Buch. Aus dem Meer gerettet, ist es noch heiliger. Es gibt einen Pharao unserer Zeit, der unterschiedslos alle ertränkt, Frauen, Männer, Bücher und Kinder.«

Er spricht, während ich die Suppe esse. Seine wird im Teller kalt. Er blättert weiter Seite für Seite um und glättet sie mit den Fingerrücken, dem am wenigsten rauen Teil seiner Hand. Er sagt, er ist übers Meer zu uns gekommen mit diesem Buch im Sack.

IN DER REMISE bin ich eingepackt in vier Schichten, trage eine Baskenmütze, bis über die Ohren gezogen. Ich habe sie am Hafen gekauft, jeder Fischer hat eine, die er nie vom Kopf zieht.

Ich poliere die vom Abschlagen beschädigten Teile. Durch den Kontakt mit der Oberfläche nehme ich die Dehnung der Bauchmuskeln wahr, die von der erzwungenen Streckung des Oberkörpers herrührt. Unter dem Sandpapier spüre ich die angedeuteten Muskelfasern, für den Betrachter sind sie unsichtbar.

Reibend folge ich den Faszien unter der Haut, der Anatomie, die dem Körper des Bildhauers abgeschaut und auf das Werk übertragen wurde. Ich glätte, gleiche aus, entferne langsam die Spuren des Lendenschurzes, der auch als abgefallenes Stück noch hinderlich ist. Die Hüften sind mager, die Beckenknochen ragen hervor wie zwei Klammern im Satz. Dazwischen eingesunken, der Bauch, das Fasten eines Athleten.

Ich bearbeite die Seiten, wo sich die Haut der Statue unter den Peitschenhieben abgelöst hat. Am Rücken, der nur teilweise am Kreuz aufliegt, hat das Leder Wunden in Form von Fjorden geschlagen. Wo der Hieb tief einsank, ist die Oberfläche karstig.

DER PRIESTER KOMMT mich besuchen, in einen dicken Mantel gehüllt. Er sorgt sich wegen der Kälte, hat eine Flasche mit heißem Tee dabei. Ich bin an den Winter gewöhnt, und das Polieren wärmt mich. Der arbeitende Körper produziert die beste Wärme, die, die aus dem Inneren kommt. Auch die Statue schwitzt Marmorstaub.

Ich lasse ihn die Bauchmuskeln berühren, die unsichtbar waren, verdeckt vom Schurz. Er staunt über ihre Perfektion. Sie zeigt, wie weit sich der Nachahmungsdrang des Bildhauers vorgewagt hat, indem er der Statue seinen Körper verlieh.

Der Priester zitiert einen Satz aus einem Traktat des 15. Jahrhunderts, der *Imitatio Christi.*

»Alle Trübsale, welche ich um Deines Namens willen leide, sollen mir angenehm und erwünschlich werden, denn es ist meiner Seele sehr heilsam, dass ich für Dich leide.« Er kommentiert: »So werden die Leiden des Kreuzes zum Training für Asketen, zu wiederholten Übungen aus Bewunderung.«

Ich teile ihm meinen Eindruck mit, dass der Bildhauer sich mit ausgebreiteten Armen an einen Balken gehängt hat, um die langanhaltende Dehnung der Bauchmuskeln selbst zu erfahren. Nimmt man diese Position ein, versteht man, warum die Brustmuskeln der Statue sich hervorheben. Sie helfen dem Körper, die Kompression des Brustkorbs auszuhalten.

ICH ZEIGE IHM eine Stelle unterhalb der letzten Rippe, wo man sieht, wie ein Muskelkrampf an der Haut Falten hervorruft. Wir stehen hier nicht vor einer Lektion in Anatomie, sondern vor dem Zeugnis einer körperlichen Identifikation zwischen dem Gegenstand und seinem Schöpfer. Er hat keine Modelle benutzt, hat die schmerzhafte Körperhaltung nicht auf einen anderen abgeladen, um sie aus der Distanz wiederzugeben. Er wollte von innen erkennen. Es war kein Training, eher hat er sich selbst verfolgt, um das Ziel der Nachahmung zu erreichen.

Beim Sprechen zeichnet sich der Atem als Dampf gegen die Kälte ab. Es ist Februar, der Raureif an den Fensterscheiben schmilzt nicht. Der Priester gießt mir heißen Tee ein, will, dass ich ihn trinke. Ich begreife, dass ich meinerseits versuche, den Bildhauer nachzuahmen. Mein Versuch ist aus zweiter Hand, ich ahme den Nachahmer nach. Auch auf diese Weise flöße ich mir eine zuvor nicht gekannte Temperatur ein.

Am Ende des Tages gehe ich ins Freie, um die Beine zu bewegen. Die Hände ruhen in den Taschen aus. Ich muss ein paar Kilometer unter meine Füße bringen. Der Wind weht vom Land, die ankommenden Wellen treffen auf einen Widerstand. Das Gesicht entspannt sich von der

Arbeitsgrimasse, den zugekniffenen Augen, dem fest verschlossenen Mund. Es lässt sich von den Luftstößen glätten, eine Massage, die ein paar Tränen herauspresst.

ABENDS ZIEHE ICH mich zum Essen zurück, setze mich neben das fröhliche Holzöfchen, das knistert und Funken sprüht. Durch ein kleines Glasfenster sieht man die Flamme. Beim Warten aufs Essen schlafe ich ein, die Arme verschränkt, der Kopf auf die Brust gesunken. Die Padrona lässt mich ausruhen, stellt die Schüssel warm.

Als ich die Augen öffne, weil ich husten muss, sitzt die Frau vor mir. Sie streicht mir übers Gesicht, ich schlucke trocken. Ihre Haare stecken unter einer Wollmütze. Ich seufze.

»Ich habe mich eingeladen.«

Gut gemacht, ich schulde dir ein Abendessen.

Sie wird bald abreisen, sie begleitet eine Gruppe, die Wale an der Küste Argentiniens beobachten will. Sie fragt, ob ich mitkommen will, ein Platz ist frei geworden, es würde nur den Flug kosten, zwei Wochen.

Ich bevorzuge Sardellen, aber danke, dass du an mich gedacht hast.

»Neulich in der Nacht hat mir dein Rücken gefallen. An den Hüften hat er kein Gewicht, am Halsansatz ist er stark. Wenn Jesus mit sechzig gekreuzigt worden wäre, hätte er deine Größe gehabt.«

Ich bedanke mich für das Kompliment, das mir eine Alternative zur Arbeit an der Skulptur bietet. Ich könnte Modell stehen, als alter Mann. Mit ihr schaffe ich es, zu scherzen.

DIE PADRONA KOMMT mit zwei Tellern. Während ich schlief, haben sie sich unterhalten, sie lächeln sich an. Ich höre ihrer Erzählung von Walen zu, die sie aus der Nähe gesehen hat.

»Sie riechen nach Moschus, kommen mit ihren Kleinen, um sie vorzuführen, sie vertrauen uns. Sie bewegen sich langsam, um keine Wellen zu machen. Sind dir Sardellen immer noch lieber?«

Nein, jetzt mag ich Wale lieber, wie viel kosten sie pro Kilo? Ich überrasche mich dabei, dass ich Unsinn rede. Zusammen mit meinem ernsten Gesicht bringt er die Frau zum Lachen. Darauf kann ein Mann stolz sein, auf das Lachen einer Frau. Vielleicht lacht sie nur, um mir eine Freude zu machen, eine weniger bekannte Form der Nächstenliebe.

SIE NIMMT EINE zweite Portion. Der offene Wein stammt vom Hügel hinter uns. Die Padrona macht ihn, der Weinberg gehört ihr. Die Komplimente über ihre Weinlese bereiten ihr mehr Freude als die über ihr Essen. Sag ihr, dass sie einen guten Wein macht, rate ich der Frau.

Sie fragt mich, ob es mir nicht unangenehm ist, abends allein an einem öffentlichen Ort zu essen.

Ich bin ein Mann, der sich erlauben kann, an einem gedeckten Tisch eine gekochte Mahlzeit zu essen. Ich muss nicht einmal den Topf und den Teller abwaschen. Diese Bequemlichkeit kann ich mir dank eines Handwerks leisten, das ich nur durchs Zuschauen und Selbermachen gelernt habe. Ich zahle mein Abendessen und mein Zimmer: was sollte mir daran unangenehm sein?

Ich bin vom Schicksal gesegnet, das mir sogar eine gute Gesundheit gegeben hat. Wie viele Menschen auf der Welt kommen so gut weg? Ich spreche leise, um das Glück, das mich beschützt, nicht bloßzustellen. Ein antiker Philosoph empfahl, im Verborgenen zu leben.

»Epikur.«

Ja, der, lebe im Verborgenen, flüsternd, weise nicht auf dich hin, indem du dein Glück rühmst. Ich habe mehr als das Nötige, und wenn etwas fehlt, merke ich es nicht.

»DAS MACHT ALSO den Mann aus? Was er in der Tasche hat?«, fragt sie verärgert. Nicht den Mann, sondern seine Würde, sich selbst zu genügen, ohne anderen eine Last zu sein. Sie bemerkt die Kluft zwischen ihrem und meinem Ton, versucht abzulenken.

»Dann bringst du mich also gratis hinüber, auch wenn ich nicht auf der Flucht bin?«

Ich werde dich hinüberbringen. Ich muss nicht wissen, wozu du es brauchst. Ich werde dich hinüberbringen, weil die Berge sich dort oben an der Grenze dicht aneinanderdrängen und Erde und Himmel besetzen. Nur der schafft es, der auch bei Nebel gehen kann, und wir sind wenige. Ich werde dich hinüberbringen, um dich für deine Freundlichkeiten zu entschädigen.

Diesmal tut es ihr leid. Zwischen dem Brot und den Gläsern streckt sie die Hand nach mir aus.

Das Wirtshaus leert sich, die Arbeiter ziehen sich zurück. Wir stehen auf, damit die Padrona schließen kann. Ich versuche es so zu machen wie sie im Restaurant, die Rechnung ein andermal zu bezahlen.

»Heute Abend geht das Essen aufs Haus«, sagt die Padrona, und unser Lächeln genügt als Dank.

IM FREIEN FRAGE ich, welches Kompliment sie dem Wein gemacht hat, da es uns dieses kostenlose Abendbrot verschafft hat. »Ich habe ihr gesagt, dass er ihr ähnelt.«

Volltreffer, du bist eine Frau von Welt, findest auch in Wirtshäusern den richtigen Ton.

»Ja, ich bin eine Frau von dieser Welt. Aus welcher Welt bist du?«

Ich glaube, aus dieser, aber nicht aus dieser Zeit. Ich bin aus dem Jahr 1900. Manchmal glaube ich, aus 1900 vor Christus.

»So wird es sein. Ein Mann aus dieser Zeit würde mit einer Frau aus dieser Zeit mitfahren, um Wale zu streicheln.«

Ich habe Marmor zu versorgen.

»Eine jahrtausendealte Materie, die nicht mal zwei Wochen warten kann. Stimmt, du bist nicht von dieser Welt.«

WIR LASSEN DIE Welt in Ruhe und gehen ins Kino.

Es ist die Geschichte eines Mannes, der einen Nachbarsjungen rettet, der Junge ist Ausländer, der Film hat ein überraschendes Ende. Ich gerate in Rührung.

»Du weinst im Kino?«

Wenn es mich so weit bringt, ja, ich wehre mich nicht.

Sie nicht, sie schaut sich den Film an, indem sie die Einstellungen, die schauspielerische Leistung, den Schnitt beobachtet. Die Machart fasziniert sie. Mir entgeht alles außer der Geschichte. Sie bleibt sitzen, um die vielen Namen im Abspann zu lesen, eine Hommage an die Arbeit der Beteiligten. Ich lerne, dass man das tut.

Zum zweiten Mal geht es zu ihr nach Haus. An der Eingangstür begegnen wir einem Mann. Er will etwas zu ihr sagen, bemerkt mich hinter ihr, stockt, lässt uns vorbeigehen. Ich beobachte ihn aus dem Augenwinkel, er weicht dem Blick aus. Er riecht nach Aftershave. Die Begegnung dauert ein oder zwei Sekunden.

Während wir uns in ihrem Zimmer umarmen, kommt mir mit der Selbstverständlichkeit einer Erinnerung der Gedanke in den Sinn, mich beschneiden zu lassen. Der Vorsatz gibt mir Schwung für die folgende Stunde.

ICH SUCHE EINEN Arzt, einen Dermatologen, nicht für mich. Ich habe an der Statue eine Entdeckung gemacht, als ich mit der Hand den Marmorstaub auf den Füßen des Gekreuzigten wegwischte. Genau dort spüre ich bei der Berührung etwas wie kleine Schuppen. Sie sind nur auf seinen Füßen zu spüren.

Es beunruhigt mich, dass der Künstler sich eine unangemessene Freiheit herausgenommen haben könnte. Hat er sich eine Krankheit vorgestellt, Lepra? Wie soll man das erklären: weil er die Leiden anderer auf sich nahm? Dann hätte er noch Blindheit, Taubheit, Lähmung hinzufügen müssen. Obwohl kein Betrachter sehen könnte, was ich entdeckt habe, muss ich es dem Priester sagen. Ihn frage ich nach einem Dermatologen.

»Ein Dermatologe für eine Statue, so etwas habe ich noch nie gehört«, und er kommt mit, um sich die Sache anzusehen. Er berührt die Füße, pustet über seine Finger, berührt sie noch einmal. Dann sieht er mich an und lächelt.

»Es ist keine Krankheit, keine Lepra. Das sind Schuppen. Er wird zum Fisch, nach Meinung des Bildhauers.« Der Priester sieht, dass ich nicht verstehe.

»Der Fisch ist das erste christliche Symbol. Wir sehen ihn in den Katakomben. Er kommt vom griechischen Iesous Christos Theou Yios Soter, Jesus Christus Gottes Sohn Retter.« Die Anfangsbuchstaben des griechischen Satzes bilden das Wort ichthys, Fisch. Der Bildhauer sieht im Moment des Todes die Verwandlung des Körpers in das Sinnbild des Heils.«

Ich beginne zu verstehen. Erst die Gänsehaut der Kälte, dann die Schuppen: Der Gekreuzigte soll nicht von weitem bewundert, er soll berührt werden. Hier ist ein Werk, das sich nur der Liebkosung offenbart.

Auf dem Gymnasium haben wir *Apoll und Daphne* von Bernini gelesen. Die Nymphe verwandelt sich in einen Lorbeerbaum, um sich der Umarmung des Gottes zu entziehen. Sie hat ihren eigenen Willen, ich habe ihren Charakter geliebt.

Mein Zwilling, der Denker, ist nicht einverstanden. Der Gekreuzigte entzieht sich nicht, er verzichtet auf seinen eigenen Willen, indem er zum Edelreis eines Menschen auf einem Baum wird.

Kaum ziehe ich mich in eine Erinnerung zurück, taucht er mit seinen verstiegenen Schlussfolgerungen auf. Ich behalte sie für mich, doch sein Interesse an dieser Arbeit gefällt mir. Seit vielen Jahren hat er nichts von sich hören lassen.

DER PRIESTER LÄDT mich ein, das Gespräch im Pfarrhaus fortzusetzen, wo man im Warmen sitzt.

»Diese Entdeckung verleiht dem Werk größeren Wert.« Er beglückwünscht mich, umarmt mich, sein Gewand wird weiß vom Marmorstaub. Er schüttelt ihn nicht ab. Ein sonderbarer Bildhauer ist das, der von Blinden wahrgenommen werden will.

Wir sprechen über den Gekreuzigten.

»Ich glaube an die Wahrheit dieser Geschichte, weil sie nicht erfunden sein konnte. Ich glaube an ihre Wahrheit, die auf ihrem Höhepunkt unwahrscheinlich ist und keine Kompromisse mit dem Zumutbaren macht. Ich lese die größten Schriftsteller, aber keiner erreicht die Wirkung der Offenbarung. Um sie zu empfangen, genügt das Lesen nicht, man muss von einem Katapult aus Liebe auf sie zugeschleudert werden. In diesem Moment erlebt man auch die größte Angst.«

Was hat Angst mit Liebe zu tun?

»Wenn du das nicht weißt, hast du noch nicht geliebt. Die erwiderte Liebe fällt mit der größten Angst zusammen: sie zu verlieren. Meine Angst als Priester gilt der Gefahr, den Glauben zu verlieren. Ich bin kein Besitzer dieses Gefühls, ich bin ein Hilfsarbeiter in der Probezeit. Jeden Tag kann ich wegen Unfähigkeit entlassen werden. Du bist ein Mann und hast in der Begeisterung der Liebe noch nie die Angst verspürt, den geliebten Menschen zu verlieren und darum auch dich selbst zu verlieren?«

Nein, ich glaube, das habe ich noch nicht erlebt. Ich halte mich nicht für fähig, einer Frau zu genügen. Ich habe eine Frau verloren, aber ohne Angst.

»Höre, was das Hohelied sagt: ›Meine Schwester, liebe Braut, du bist ein verschlossener Garten, eine verschlossene Quelle, ein versiegelter Born.‹ Das ist die größte Angst, die er ihretwegen hat, aus dem Garten ausgeschlossen zu werden, durstig vor einer vertrockneten Quelle zu stehen.«

Diese Liebe habe ich nicht kennengelernt. Aus meiner verwirrten Miene schließt der Priester, dass er übertrieben hat, er entschuldigt sich. Nein, das muss er nicht, gerne erwerbe ich diese neuen Kenntnisse über ein berühmtes Gefühl.

ER GEHT DEM Bischof Bericht erstatten, ich kehre zur Statue zurück. Oben, wo der Rücken am Kreuz lehnt, haften der Körper und das Holz aneinander. Dort war die Arbeit des Bildhauens schwierig. Noch schwieriger im engen Spalt zwischen dem Oberkörper, der sich nach außen dreht, und dem Kreuz. Es gibt genug Raum, um die Hand hineinzustecken und die Rückenwirbel zu berühren. Die Ausbildung der Muskelfaszien zu beiden Seiten des Rückgrats zeugt von intensiven Kräftigungsübungen.

Sein ideales Verhältnis zwischen Kraft und Gewicht würde ihn heute zum Bergsteiger machen. Der Bildhauer war vor dem Krieg Bergsteiger, dann hat er mit den Alpenjägern im Gebirge gekämpft. Er hat dem Gekreuzigten seinen Körper verliehen. Das muss sein Höhenrausch gewesen sein, ihn nachzuahmen, indem er sich die Vertraulichkeit gestattete, seinen Körper mit ihm zu tauschen.

Ich ziehe meine Hand aus dem Spalt zwischen Rückenwirbeln und Kreuz, wo die Krümmung einer ungeheuren Mühe gemeißelt ist: sich aus der Position zu befreien, die ihm den Brustkorb quetscht. Er krümmt sich, um den Schluck Luft zu schnappen, den er zum Sterben braucht.

Im Zimmer eines im Sterben liegenden Mannes habe ich eine Frau sagen hören: »Öffnet das Fenster, sonst stirbt er nicht.«

Hier stirbt der Gekreuzigte durch Ersticken trotz des Windes um den Körper, im Gesicht. Ja, der Wind weht, seine Haare sind wirr und werden in eine Richtung bewegt.

ICH INFORMIERE DEN Rabbiner von meiner Absicht, mich beschneiden zu lassen. Der Grund ist, mich anzunähern. Er schweigt dazu, gibt mir die Adresse eines Arztes und schreibt etwas auf einen Zettel als Begleitung.

Ich begegne einem Mann in meinem Alter, kurz vor der Pensionierung, höflich, gut gekleidet. Er erklärt mir den Eingriff und die Dauer der Genesungszeit.

Meinen Wunsch der Annäherung an die Statue kann er verstehen.

»Wie ein Schauspieler, der einen Moslem oder einen Juden darstellen soll, sich beschneiden lässt, um sich in die Rolle hineinzuversetzen – eine ins Extrem getriebene Stanislawski-Methode.«

Er ist ein passionierter Theaterbesucher, in seiner Jugend hat er in einer Laienschauspieltruppe gespielt. Er liebte Dramen, die Einfühlung in die Figur hielt bei ihm noch Tage nach dem Ende der Aufführung an.

»Man braucht eine neue Figur, um die alte abzuschütteln.« Er teilt mir mit, dass der Eingriff mit Laser gemacht wird.

»Das ist die Ankunft der Nähmaschine, wo man früher freihändig arbeitete. Man erspart dem Patienten Zeit und fügt Präzision hinzu. In der Medizin ändern sich die Techniken, doch nur wir, die es noch auf die alte Art gelernt haben, wissen, was wir tun müssen, wenn die Nähmaschine einmal kaputt ist.« Ich muss Blutuntersuchungen machen lassen, dann wird der Eingriff durchgeführt, und ich werde noch am selben Tag entlassen, sagt er. Ich bin einverstanden, ich trete von meiner früheren Natur zurück.

ICH GEHE IN die Bibliothek, um die Geschichte der ersten Beschneidung zu lesen. Abraham führt sie ein zur Besiegelung des Bundes mit der Gottheit. Er ist neunundneunzig Jahre alt, als er den Eingriff durchführt, erst an den Männern seines Hauses, dann an sich selbst. Am selben Tag, an dem er der Gottheit begegnet, schärft er das Messer.

Ich stelle mir das Befremden der Diener vor, dann ihre Ergebung. Sie unterwerfen sich der summarischen Chirurgie des ersten praktizierenden Gläubigen. Die Heilige Schrift geht schnell darüber hinweg, interessiert sich nicht für sie. Ein Schriftsteller hätte zwischen Befehl und Ausführung hundert Seiten geschrieben.

Ich denke an den ersten Diener, der sich auszieht, der nichts weiß von dem, was ihm geschieht. Sein Name müsste aufgeschrieben und erinnert werden.

DIE STATUE HAT Lebensgröße, der gewaltsam langgestreckte Körper ist etwa ein Meter achtzig groß. Die Spitze des Kreuzesstamms überragt ihn um weitere zwanzig Zentimeter. Ich steige auf eine Leiter, um von oben zu schauen. Ich sehe die Muskelfaszien des Halses, die gedehnten Bizepse, die durch die Drehung hervortretenden Trizepse.

Ich blicke nach unten, erkenne, dass man von hier aus einen weiten Blick hat, man sieht Jerusalem. Es ist Freitag, die Stunde des Sonnenuntergangs, gleich wird der Sabbatabend beginnen. Die Geräusche verklingen in Erwartung des vollkommenen Stillstands aller Tätigkeiten. Kurz davor stirbt er, während das letzte Licht das Weiß der Mauern zum Fieberglühen bringt.

Als ich meine Hand auf die Spitze des Kreuzes lege, berühre ich etwas Eingraviertes. Ich mache die Stirnlampe an, vermutlich ist es die fehlende Signatur. Ich säubere die Stelle vom Staub, sehe drei unbekannte Zeichen. Ich übertrage sie auf ein Blatt Papier.

In der Bibliothek prüfe ich, ob es griechische Buchstaben sind, aber sie stimmen nicht überein. Ich gehe zum Rabbiner, er betrachtet sie.

»U'ra, wache auf!« Er sagt es nicht zu mir.

»Damit wird in Psalm 44 der Allmächtige angerufen. Steht das auf der Statue geschrieben?«

An der Spitze des Kreuzes, ich frage, warum es dort steht.

»Mit diesem Wort bittet der Bildhauer den Gekreuzigten zu erwachen. Es ist ein Appell zur Auferstehung, er ist die Neuheit des Christentums, sein hinzugekommenes Gebot.«

Seiner Meinung nach ist aus U'ra dann der Jubelruf Hurra! geworden. In das Kreuz geschnitzt, macht er das Holz zu einer Schrift.

»Der Körper des Gekreuzigten bildet eine Brücke zwischen dem Alten und dem Neuen Testament. Für mich gehören die vier Evangelien noch zum Alten Testament. Das Neue beginnt mit dem Tod des Gekreuzigten, mit der Apostelgeschichte.«

Bei diesen Erklärungen fühle ich mich wieder ins Bergwerk versetzt, in die Tunnel. Statt nach Kohle sehe ich mich nach Bedeutungen graben. Die Einzelheiten werden größer, wie die Schatten des Lichtbündels im Stollen alles vergrößern. Ich sage es ihm nicht, es könnte ihn kränken.

Ich erzähle ihm von den Fischschuppen an den Füßen. Er bittet mich, die Statue sehen zu dürfen. Ich muss um Erlaubnis fragen.

DER EINGRIFF DAUERTE nicht lange, die Injektion eines Betäubungsmittels und weniger als eine halbe Stunde. Ich gehe breitbeinig zurück, wie einer, der sich in die Hose gemacht hat. Es tut weh, ich bewahre mir den Schmerz. Ich wollte die Veränderung, und vier Wochen Gewöhnung sind nötig. Jetzt kann ich sagen, auf welcher Seite ich das Ärgernis trage.

Ich besorge mir einen Stock, gebe eine Sehnenzerrung vor. Die Frau ist zu ihren Walen gefahren. Nun bin ich beschnitten. Ich fühle mich in eine Bruderschaft eingeschrieben. Es brennt. Ich brauche Kälte. In der ersten Nacht schlafe ich schlecht, kleide mich wieder an, gehe auf die Straße hinaus.

Ich wandere am Meer entlang, hinunter auf den Sand, befeuchte mir das Gesicht. Ich denke an die Gänge über die Grenze. Auf dem Hinweg mache ich an einem Gebirgsbach halt. Sie glauben, sie müssten ihn überqueren, sehen keinen Steg. Ich setze mich, sie begreifen, dass es eine Rast ist. Ich will, dass sie auf das Tosen des Wassers hören, nicht miteinander reden, es soll eine Minute der Sammlung sein. Ich tauche mein Gesicht in die Strömung, spüle mir die Ohren.

Neben dem Bach steigen wir hinauf bis an die Stelle, wo er verschwindet. Wir gehen vom Geräusch des Wassers zum Knirschen unserer Schritte auf dem Kies über.

DIE WELLEN DICHT neben mir bringen mich an jenen Ort und in jene Zeit zurück. Ich wandere weiter, bis die Nacht endet. Treffe auf die Fischer, die zu ihren Booten gehen. Für sie öffnet eine Bar. Das Dunkel wird blasser, der anbrechende Tag wirkt als Lösungsmittel, dann lässt die Nacht sich hochheben wie ein Rollladen. Hier gibt es keine Hähne, die auf einen Komposthaufen klettern, um gen Osten zu kreischen. Hier tuckert der Dieselmotor der ausfahrenden Boote.

Ich betrete die Bar, wärme mich mit einem verlängerten Kaffee auf, lausche den Gesprächen über den Winter und die Morgenröten, die allmählich mehr Licht haben. Frauen kommen keine herein. Die Kehlen der Männer krächzen, wenn sie sich mit den ersten Gutenmorgengrüßen die Stimme schaben.

ICH ERKLÄRE DEM Priester, dass ich die Arbeit unterbrechen muss. Die Spuren des Lendenschurzes sind beseitigt, ich muss zur Nachbildung der fehlenden Natur übergehen. Den passenden Marmor habe ich noch nicht gefunden. Ich sage ihm, dass ich mir nackte Statuen aus der Antike anschauen muss, darum werde ich ins Archäologische Museum von Neapel gehen. Im letzten Jahrhundert, nach dem musischen Gymnasium, bin ich dort gewesen, um die Skulpturen in Terrakotta und Bronze von Vincenzo Gemito zu studieren.

Es war eine Zeit meiner Jugend, in der ich Meister brauchte. Neapel und Paris zogen mich an. Der Umtausch von Lire in Francs war demütigend, ich blieb nur zwei Tage und eine Nacht, steckte während der ganzen Öffnungszeit im Rodin-Museum fest.

Mit derselben Summe Geldes blieb ich in einen Monat lang in Neapel. Gemito mochte Marmor nicht, weil er sich nicht mit dem Daumen formen ließ. Seine Werke sind kleinformatig, die Kritik warf ihm vor, dass er sein Talent mit Miniaturgrößen vergewaltige. Er hatte seine eigene präzise Untergröße der Wirklichkeit. Diese verriet er nur einmal, mit der Monumentalstatue von Karl V. vor der Fassade des Palazzo Reale, einem weniger gelungenen Werk. Er verehrte die königlichen

Herrschaften. Mit ihnen fühlte er sich blutsverwandt, weil er als ein ausgesetztes Kind niemandes Sohn war, also möglicherweise jedermanns Sohn, auch eines Königs.

GEMITO BRAUCHTE DAS Brennen im Ofen, das den Abdruck der Sonne auf der Haut seiner Modelle wiederholt: Jungen, durch die Armut enthemmt. Die Bronze schimmerte von ihrem Schweiß.

Für ihn war die Kunst heidnisch, er gestaltete keine sakralen Themen, arbeitete nicht für Kirchen. Es tut mir gut, in eine vorchristliche Zeit zurückzukehren, in die Stadt mit dem griechischen Namen, Neapolis, und dem römischen Grundriss. Vor vierzig Jahren habe ich Gemitos kleine nackte Figuren studiert. Jetzt beschäftige ich mich mit erwachsenen Nackten.

Ich erinnere mich an den Monat damals. Ein grauer Flugzeugträger lag wie ein Bügeleisen vor dem Castel dell'Ovo. Von seinem Deck schossen Flugzeuge mit Heuschreckensprüngen in die Luft. Amerika im Golf von Neapel war Theater, Kino und Motorenlärm.

EINER, DER AUS den Wäldern und einem Dorf kommt, findet sich in Neapel wieder, steigt aus dem Eisenbahnwaggon und steht mitten auf der Piazza della Ferrovia. Er muss die Lage erkunden. Die erste Schwierigkeit besteht im Überqueren der Straße. Ich beobachte, wie die Passanten es anstellen, das gegenüberliegende Ufer des Bürgersteigs zu erreichen. Der Strom der Autos ist unaufhaltsam.

Sie steigen vom Ufer herab, der Fluss strömt gleichgültig, ohne sie zu beachten. Von den Autos gestreift und umfahren wie aus dem Wasser ragende Steine, durchqueren sie die Furt. Sie gehen rasch voran bis zum anderen Ufer. Nicht, dass sich das Rote Meer für sie in zwei Hälften teilte, aber es ist ein lokales rotes Meer, flexibel, fließend weicht es dem Volk auf der Wanderschaft aus. Es verleibt sich das Volk ein und bringt alle heil ans andere Ufer. Ich bleibe stehen, um zu beobachten. Mache mir verwunderte visuelle Notizen über die Dynamik, ohne mich zum Experiment durchzuringen. Die Bedingung ist, im Strom kein einziges Mal zu zögern. Das Rote Meer berücksichtigt den Eindringling, wenn sein Schritt entschlossen ist, aber bei Zeichen von Unsicherheit und Sinnesänderung wird es zornig und erbarmungslos.

DAS ÜBERQUEREN MUSS energisch und selbstsicher geschehen, wie im Gebirge, wenn man sich die Hosenbeine bis zum Knie hochkrempelt, bevor man mit den Schuhen in der Hand durch einen Sturzbach watet. Man muss schnell gehen, um nicht vor Kälte zu erstarren. Hier habe ich fast kein Gepäck, einen kleinen Rucksack, den ich vom Rücken nehme, um mich anzupassen. Ich warte auf einen Einheimischen, der vor mir in den Strom steigt. Ein alter Mann versteht, dass ich unerfahren bin. »Kommt mit, folgt mir.«

Ich gehorche mit der Anhänglichkeit eines Schattens und mit dem Stock in der Hand, um die andrängende Welle in Schach zu halten. Ich werde von zwei Autos gestreift, von einem Motorradfahrer in den Arm genommen. Dann finde ich mich unversehrt drüben wieder, bedanke mich bei dem Mann und weiß fortan, wie ich es machen muss.

Die Stadt, die ich sehe, vergleiche ich mit der von früher. Die farbigen Männer tragen nicht die weiße Uniform der amerikanischen Matrosen, jetzt stehen sie mit ihren auf einem Bettlaken ausgebreiteten Waren auf den Bürgersteigen.

Die Stimmen, die sich von einem Balkon zum anderen riefen, höre ich nicht mehr. Ich finde den Buchhändler Raimondo wieder, der mir damals die Abhandlung von Salvatore Di Giacomo über das Leben von Vincenzo Gemito besorgte.

Bei den Besuchen der Privatsammlungen war er mein Führer. Er war ein Bewunderer des Bildhauers, und das Interesse eines Studenten aus dem Norden, der gekommen war, seine Vorliebe zu teilen, machte ihm Freude.

ER HAT NOCH immer seine kleine Buchhandlung mit dem bedeutungsvollen Namensschild Dante & Descartes. Welche Idee steckt hinter der Zusammenstellung der beiden berühmten Namen?

»Dante erforscht das Jenseits des Lebensendes, Descartes das Diesseits.«

Er gibt kurze Antworten, wie damals, er ist die Fragen der Kunden gewohnt. Ich finde ihn an seinem Platz, wie damals liefert er auf Anhieb Informationen zu den verlangten Titeln, er findet sie mühelos in einem ungeheuren geistigen Katalog. Auch die Stimme liegt noch immer auf dem Halbton der Freundlichkeit.

Er erinnert sich an mich. Die große Tugend der Fürsten, von Kindesbeinen an dazu erzogen, die Gesichter ihrer Untertanen wiederzuerkennen. Für sie ist es eine Genugtuung, weil der Herrscher einem jeden Bedeutsamkeit verleiht. Seine Majestät erkennt mich wieder: So blieben Reiche erhalten wie auch die Kundschaft.

ZUR MITTAGSZEIT BEGLEITET er mich auf den großen Platz vor dem Palazzo Reale. Wir kehren an den Ort des ersten Besuchs zurück, die Statue von Karl V., einem der acht Könige, die in die Fassade eingefügt sind. Der Letzte ist Vittorio Emanuele II., eher aus Pflichtgefühl denn als tatsächlicher Bewohner dazugestellt. Ein Illegaler in Neapel, bemerkt der Zwillingsbruder im Kopf.

Karl V. wurde von einem Bildhauer nach Gemitos Original aus Gips als Marmorkopie ausgeführt. Das Ergebnis erregte das Missfallen des Urhebers bis hin zu körperlicher Aggression.

WIR SPAZIEREN AN den sieben anderen mit stolzgeschwellter Brust dastehenden Skulpturen vorüber, beginnend bei Roger II., dem Normannen. Der in die Rüstung gezwängte Karl V. sticht durch seinen konzentrierten Gesichtsausdruck und die zerzausten Locken hervor wie einer, der sich von einer Klippe aus den Horizont einprägt. Er hätte einen Platz vor dem Meer verdient statt dieses plumpen Säulengangs, dessen Halbkreis die Piazza in eine Klammer setzt.

Ich erzähle dem Buchhändler vom Zweck meines Besuchs bei den vorchristlichen Nackten. Er hat von den Gängen über die Grenze erfahren, fragt, ob es stimmt, dass ich es umsonst getan habe. Wieder erkläre ich den Unterschied, erst habe ich kassiert, dann zurückerstattet. Er ist mit der Präzisierung einverstanden, sagt, sie sei cartesianisch. Das ist seine Weise, jemanden auf den Arm zu nehmen, rasch und unaufdringlich. Ich sage, dass Gänge über die Straßen von Neapel gefährlicher sind.

Sein Sohn hat sich dem Gewerbe zugesellt, er hat eine Buchhandlung mit demselben Namen auf der Piazza del Gesù eröffnet. Eine echte Filiale, sage ich, er lächelt, um mir einen Gefallen zu tun, der Spruch wird nicht neu für ihn sein.

WIR SPRECHEN ÜBER Gemito, über seine kindlichen Modelle. Ihr Ernst liegt im künstlichen Lächeln, dem Verkäuferlächeln des kleinen Händlers mit schwefligem Wasser.

Die Nacktheit des Körpers ist die Keuschheit der Armut. Mögen die Pädophilen sie missverstehen, die Fremden, die in jener Zeit kamen, um sich den Missbrauch zu kaufen. Für uns ist das von Arbeit geknechtete Kindliche der Modelle Gemitos eine Anklage. Die hungerschlanken Körper sind Lehrlinge in der Überlebenskunst.

Wir finden unsere Bemerkungen von damals unverändert wieder, unumstößlich.

Ich begleite ihn zurück zur Buchhandlung. Vorher erledigen wir das Mittagessen mit zwei Sfogliatelle, für ihn aus Blätterteig, aus Mürbeteig für mich.

ICH KOMME AM Archäologischen Museum an, einer Insel, umgeben von einem Ring aus laufenden Motoren. Im Eingang hört ihr Lärmen auf.

Hier bin ich, an einem heiligen Ort, dem Ort einer erloschenen Heiligkeit. Die Götterstatuen haben sich vom Kult und vom Umgang mit dem Menschengeschlecht befreit. Geblieben ist eine Majestät, die nicht vom Rauch der Altäre abhängt. Sie sind nicht im Exil, sie sind vereint im Museum versammelt, als Einspruch gegen den ausschließlichen, einzigen Gott des Monotheismus. Älter als seine Offenbarung, bewahren sie ein Gefühl der Überlegenheit gegenüber der zuletzt gekommenen Gottheit, die ihnen das Unrecht zufügte, sie zu ignorieren. Aber sie hegen keinen Groll. Sie wurden von Dichtern, Philosophen, Dramatikern, Mosaikkünstlern und Bildhauern geehrt. Sie haben die gelehrten Sprachen Griechisch und Latein gesprochen, sie haben die Eingeweide der Vulkane, die schneebedeckten Gipfel, die Meerestiefen bewohnt. Sie haben die Welt bewohnt, nicht den Himmel.

MIT DEM RUCKSACK auf dem Rücken und dem Stock als Stütze beim breitbeinigen Gehen, bewege ich mich durch die warmen, menschenleeren Säle. In einem steht ein gewaltiger Herkules, auf eine schwere Keule gestützt. Er ist nackt wie die anderen Figuren. Nach Augenmaß berechne ich das Verhältnis zwischen der Masse des Körpers und der Natur: der hundertste Teil. Ins Zentrum der Statue gesetzt, ist sie wie eine Ampel an der Kreuzung. Der männliche Besucher begutachtet und vergleicht.

IN EINEM RAUM treffe ich auf die Büste von Epikur. Ich bleibe stehen, von Gedanken am Gehen gehindert. Mit meinem Rucksack und dem Stock muss ich aussehen wie ein Pilger, der am Ziel angekommen ist. Ein Wärter nähert sich, fragt, ob ich ein Bewunderer bin. Gleich darauf fügt er hinzu, er sei einer, Epikur ist sein Liebling.

Der Wärter ist um die vierzig, die Haare hoch über der Stirn nach Art der Statue geschnitten. Ein Herrenfrisör in der Nähe des Museums hat sich auf philosophische Frisuren spezialisiert.

»Er macht euch den Bart und die Haare im Stil von Epikur oder Sokrates, die Locken wie bei Cicero. Nennt meinen Namen, dann gibt er euch Rabatt.«

Vor Epikur stehend, erzählt er mir sein Leben. Er hat das altsprachliche Gymnasium besucht und sich danach als Freiwilliger bei der Armee gemeldet, die in den Irak geschickt wurde. Dann hat er den Dienst quittiert, hat geheiratet, die Stelle als Wärter bekommen. Seine Leidenschaft ist das Schachspiel, aber allein. Er denkt sich kniffige Situationen aus, finale Züge. Die Schwierigkeit liegt darin, eine einzige Lösung für das Ende des Spiels zu ersinnen.

Das Spiel hat er im Irak gelernt, indem er zwei alten einheimischen Lastwagenfahrern zugeschaut hat, die für die italienische Armee arbeiteten. Sie zogen schnell, fast ohne zu überlegen. Mit ihren Wagen fuhren sie den Militärkonvois voraus, wohnten mit den Soldaten zusammen. In jeder Pause spielten sie Schach. Sie starben auf einer Mine.

ER SPIELT ZU Hause, die vier Kinder um ihn herum machen den passenden Lärm. Er nennt es ammuina, neapolitanisch für Durcheinander. Er braucht ihren Krach, um sich zu konzentrieren. Stille lenkt ihn ab. In die Säle des Museums kommt stundenlang kein Mensch. Das Geräusch meines Stocks hat ihm gefallen. Wenn möglich, wechselt er ein Wort mit dem Besucher. Ein Wort: das erinnert mich an einen Gebirgsbach.

Er stellt mir Fragen, in Epikurs Namen, sagt er. Denn Philosophen fragen die Vorübergehenden unaufhörlich aus, wie Kinder es tun. Ich antworte, dass ich die vorchristlichen Akte erforsche.

»Sind sie anders als die späteren?«

Das ist, was ich herausfinden will, ich weiß es nicht.

Als das Museum schließt, begleitet er mich zum Ausgang. Er lädt mich in sein Haus ein.

Dabei kennt er mich gar nicht. »Epikurs Freunde sind auch meine Freunde.«

Ich danke ihm, ich muss mir eine Unterkunft suchen. Wir werden uns im Museum wiedersehen.

DA GEHT ER, der Gebirgsbewohner, ganz verloren in der großen Stadt. So müsste ich mich fühlen, aber nein, ich komme gut zurecht. Es muss wegen des körperlichen Kontakts sein, hier schaffen die Gesten Nähe, eine gute Atmosphäre, auch ohne dass man einander berührt. Jeder geht auf seine Weise, man wird nicht zu einer gleichförmigen Bewegung gezwungen. Einer, der es eilig hat, richtet hier nichts aus. Es gibt Zeit genug, einander ins Gesicht zu sehen. Ich schaue den Gesichtern zu. Mein langsamer Gang mit dem Stock wird freundlich aufgenommen, ich begegne hier und da einem ermutigenden Lächeln.

Es war richtig, herzukommen, ich habe den Eindruck, mit dem Ärgernis geht es schon besser. Ich finde eine Pension, nehme ein Zimmer. Draußen esse ich eine Sardellenpizza und kehre zurück. Die Pension liegt in einer Gasse voller Leben, die Bar ist auch nachts geöffnet.

Vom Fenster aus sehe ich das Kommen und

Gehen, die Pension vermietet auch stundenweise. Die Kunden sind Männer, die Hälfte von ihnen als Frau verkleidet. Sie sprechen wenig, leise, aber sie bewegen sich schwerfällig. Die Betten knarren. In meinem Ohr verwandelt sich das Geräusch in das Kreischen von Zikaden, und ich schlafe ein.

AM MORGEN REGNET es. Ich erkenne den dunklen Stein des Straßenpflasters wieder, das Wasser striegelt ihn und bringt ihn zum Leuchten. Genau so ist er mir in Erinnerung. In der Bar trinke ich einen starken Espresso, der zu einem einzigen Schluck konzentriert ist. Ich bestelle einen zweiten, der Barmann will nicht, dass ich ihm Geld dafür gebe.

»Der zweite geht aufs Haus.«

Für jeden? Nein, nur für die, die ihm passen. Die Macht meines Stocks, ihm schreibe ich den zweiten Kaffee zu. Nicht einmal Moses konnte mit seinem Stock Kaffee aus dem Felsen sprudeln lassen. Ich frage, ob sie die ganze Nacht geöffnet haben.

»Wir wechseln uns ab, geschlossen ist nie, der Vorteil einer großen Familie. Nachts arbeitet es sich besser als tagsüber. Die Kundschaft ist friedlich, man trinkt sein Gläschen, gibt gerne Geld aus. Wir bedienen auch auf dem Zimmer, egal, was gewünscht wird, wir bringen es. Wenn ihr eine Pizza wollt, eine Zeitung, Gesellschaft, wir kümmern uns drum. Ihr nennt die Ware und seht sie augenblicklich geliefert.«

Ich bedanke mich und gehe auf den Hügel San Martino. Oben komme ich zum Forte Sant'Elmo, einer Festung aus Tuffstein.

Hier wurde Tommaso Campanella gefangen gehalten, der am häufigsten eingekerkerte Philosoph Italiens. Er spielt den Wahnsinnigen, um der Todesstrafe zu entgehen. Man foltert ihn tagelang, damit er die Lüge gesteht. Er hat die Kraft, standzuhalten, singt sogar aus vollem Halse unter der Folter. Sie geben auf und lassen ihn halbtot zurück. Fälschungen können das Original übertreffen. Charlie Chaplin nahm an einem Wettbewerb um den besten Nachahmer der Figur des Tramps teil und landete auf dem dritten Platz.

VON DEN BASTIONEN der Festung aus ist die Stadt ein Lavastrom aus Häusern, der erst vor dem Meer anhält. Der Vesuv im Osten hat eine

Halskrause aus Schnee, er ist eine Skulptur in Form eines plumpen Altars. Die Krateröffnung hat die Rundung von Öfen. Maler haben ihn auf Aquarellen feuerspuckend dargestellt. Ich kaufe eines, etwas größer als eine Ansichtskarte. Man sieht einen nächtlichen Lavaausbruch, eine Blutung, die sich im Meer spiegelt.

Raimondo verbindet die Religiosität der Stadt mit den Ausbrüchen des Vulkans. »Die wundersame Verflüssigung der Blutreliquie von San Gennaro wiederholt unter Glas den vulkanischen Schmelzvorgang. Der Heilige ist der Exorzist des Vesuvs, seine Statue wurde in einer Prozession vor den unaufhaltsam vordringenden Feuerstrom getragen. In Neapel kommt das religiöse Gefühl nicht aus der Höhe des Himmels, sondern aus den Eingeweiden der Erde.«

Hier haben wir ein Volk, das, statt in die entgegengesetzte Richtung zu fliehen, hinter dem Schutzschirm einer Statue auf den Vulkanausbruch zugeht. Der Glaube befeuert zu den tollkühnsten Wagnissen.

Ich bewege mich mit langsamen Schritten, die Nase am Boden. Wie man über schwieriges Gelände geht, weiß ich, doch hier fühle ich mich, als träte ich auf die soeben erloschene Glut eines Feuers.

AUS DER HÖHE der Festung verstehe ich die Erneuerung in den aufeinanderfolgenden Schichten, Kruste für Kruste. Indem sie die Stadt Neapolis nannten, Neue Stadt, weissagten die Griechen ihr, dass sie sich ständig erneuern würde, von einem Vulkanausbruch zum anderen, einem Erdbeben zum anderen.

Ich gehe den Hügel hinunter, steige unter die Erde hinab und folge einer Führung durch die unterirdische Stadt. Junge Leute aus dem Viertel Sanità haben dieses Angebot ins Leben gerufen. Sie trieben sich auf der Straße herum, jetzt arbeiten sie darunter. Ich gehe durch leere Räume, hoch wie Kathedralen, Tuffsteinhöhlen aus dem ersten Zeitalter der Erde, als sie noch warm war. Die Stadt ist zweigeteilt. Von unten gesehen, hängt sie an der Oberfläche haltlos in der Luft. Mit dem Umherstreifen vergeht der Tag.

ALS ICH INS Freie zurückkehre, ist es dunkel, nach dem Abstieg unter die Erde verwirrt die Menschenmenge. Der leere Magen wird von den Düften einer Bratküche geweckt. Ich setze mich und verbrenne mir die Zunge an einer Pizza fritta mit Ricottafüllung. In einer Apotheke suche ich nach einer Brille. Die richtige lässt die scharfen Kanten der Dinge ringsum hervortreten, nichts ist verschwommen. Sie hat die Wirkung einer Ohrfeige, ich nehme sie mir von der Nase. Ich kaufe sie.

Die Stadt lässt mich die Beschneidung vergessen. Ich könnte schon auf den Stock verzichten, behalte ihn lieber. Mir scheint, damit werde ich von den Passanten wohlwollender aufgenommen. Er macht mich harmlos, darum respektabel. Am späten Abend kehre ich in die Pension zurück. Die Bar ist gut mit Kunden versorgt. An der Theke bieten die Männer den Frauen etwas zu trinken an, dann bekommen sie den Schlüssel zu einem Zimmer. Ich gehe mit einem Paar die Treppe hinauf, lasse sie vorbei. Am Fenster setze ich mir die Brille auf. Der Rückstoß der klar umrissenen Details zwingt mich, sie abzunehmen.

In dieser Nacht ist der Zikadeneffekt der Betten in den Nachbarzimmern stärker.

ICH SCHLAFE EIN, und mich weckt ein Streit, Schläge, Schreie, Menschen, die dazwischengehen. Es gibt einen Verletzten, ein Krankenwagen kommt. Man klopft an meine Tür. Ein Polizist will meinen Ausweis sehen. In den Zimmern haben sie niemanden gefunden. Ich sage, dass ich ein Übernachtungsgast für mehrere Tage bin, nicht für Stunden. Das interessiert ihn nicht. Er will wissen, was ich gesehen habe. Nichts, nur gehört, ich schlief. Mit wem? Allein. Er glaubt mir nicht. Was mache ich hier? Ferien. Wie bin ich auf diese Pension gekommen? Ich suchte eine billige Unterkunft. Ob ich nicht gemerkt habe, was das für ein Umfeld ist. Ja, aber das hat mich nicht gestört, bis zu dem Tumult vorhin. Ich schildere die Geräusche, Schüsse gab es nicht. Er schreibt, dann geht er endlich.

Man nächsten Morgen packe ich den Rucksack, die Pension schließt auf Anordnung der Polizei.

Ich gehe zurück zum Museum. Dieses Mal gehe ich durch die Säle, ohne bei den Statuen stehenzubleiben. Ich gehe an ihnen vorbei, auf einen Gedanken konzentriert, den Unterschied zwischen diesen Nackten und dem Gekreuzigten. Es muss ihn geben, noch erkenne ich ihn nicht.

ICH TREFFE AUF den Wärter, er begrüßt mich ernst, kommt nicht näher. Sicher liegt es daran, dass ich vor Epikur nicht stehengeblieben bin.

Der Ausbruch hat Herculaneum mit Lava bedeckt und das weiter entfernt liegende Pompeji mit Asche. Dann hat die Auferstehung durch die Grabungen die Statuen von diesen Decken befreit, um sie auf die Flure und Säle zu verteilen. Sie haben mehr Zeit unter der Erde als darüber verbracht, sind noch fremd.

Ich verlasse das Museum mit einer Idee, die ihre Nacktheit betrifft. Diese wollte den lebenden Körpern ein Vorbild geben, nach dem sie streben sollten. Sie jeden Tag zu sehen bewog die Muskelfasern zur Nachahmung. Die Nacktheit der Statuen war das Ziel, das jeder im Spiegel sah.

Mit den Schaufensterpuppen, die als Kleiderständer benutzt werden, gelingt das nicht.

Der Besuch in Neapel geht zu Ende. In der Sonne ist die Stadt physischer, verdoppelt durch die Schatten, die sich an den Körpern der anderen reiben, einander streifen, berühren, sich vereinen. Auch die dichte Luft nimmt an dem Austausch teil.

Ich gehe langsam zu den Zügen, um den ersten zu nehmen, der nach Norden fährt. Auf dem Bürgersteig des Bahnhofsplatzes sitzt ein Junge mit einem Buch. Vor sich hat er eine Schüssel und ein Schild: »Danke, dass Sie mich weiterlesen lassen«. Ich schütte alle Münzen hinein, die ich in der Tasche habe, vor Bewunderung.

Das Ärgernis ist verschwunden, nur der Verband bleibt. Im Zug schlafe ich ein. Mit dem Schrei eines Verkäufers auf dem Bahnsteig, der warme Pizza anbietet, verschließt sich die Stadt hinter den Lidern.

DER RAUM, WO der Gekreuzigte steht, ist eiskalt, der Marmor sieht aus wie Schnee. Ich betrachte ihn und weiß nicht, was ich damit machen soll. Er ist fertig, aber ich muss den Block für die Natur finden und bearbeiten.

Ich gehe mir die Marmorbrüche anschauen. Der größte Teil des abgebauten Marmors wird für das satinierte Hochglanzpapier der Zeitungen zerstoßen und verkauft. Seine Ewigkeit endet in der Makulatur veralteter Zeitschriften. Das ist, als würde man einen tausendjährigen Olivenbaum zu Toilettenpapier machen.

Der algerische Arbeiter erklärt mir, dass sie nur Marmorschutt für Papierfabriken abbauen. Der Ausschuss, der in den Bach geschüttet wird, vermischt sich mit dem Wasser und färbt es weiß.

Aus einem Tuch nimmt er einen kleinen Block Alabastermarmor, er stammt aus einem Bruch, wo nur Material für Skulpturen gewonnen wird. Er hat senfbraune Adern, sein genauer Name lautet Aquasanta-Travertin. Der Algerier will nicht bezahlt werden. Der Brauch ist heilig, und seine Religion schreibt Gaben vor.

Es gibt eine Ökonomie des Gratis, etwas wird gegen nichts eingetauscht, aber als ein Symbol für viel. Ich nehme ihn an, ein solcher Block ist selten.

ICH FRAGE IHN, was es bedeutet, als Moslem zu leben.

»Gott verehren, als müsste man morgen sterben, arbeiten, als müsste man niemals sterben.« Schade, dass wir kein Glas Wein zusammen trinken können, um diese Worte zu ehren.

Er sagt, dass ich verpflichtet bin, ein Meisterwerk zu schaffen. Wie soll ich das machen, entgegne ich, ich bin weder brillant noch hervorragend.

»Für wen hältst du dich denn, wenn du nicht brillant und hervorragend bist? Wir sind Kinder Gottes. Sich zu den Unfähigen zu zählen wird unserem Schöpfer nicht gerecht. Es ist nicht recht, sich kleiner zu machen, damit wir die anderen um uns herum nicht stören. Wir sind geschaffen, um zu glänzen, wie Kinder es tun. Dankbar müssen wir die empfangenen Gaben zeigen. Wenn du brillant und hervorragend bist, ermutigst du andere, es auch zu sein.«

Und du willst ein Arbeiter sein? Du bist ein Prediger.

»Ich bin ein Arbeiter und lese den Koran.«

Ich verstumme. Denke an die Frau, die genau das von mir wollte, was er sagt, und von meiner Trägheit abgewiesen wurde. Säße sie mit am Tisch, würde sie jetzt applaudieren.

»Den Marmorblock, den ich dir anbiete, habe ich nicht aus den Abfällen genommen. Er stammt aus der Mitte des Bruchs. Du musst dein Meisterwerk schaffen.«

AM HAFEN KOMMEN frierende Familien an, ungeordnet sind sie von Stränden, nicht von Häfen abgefahren, aus Zelten, nicht aus Häusern aufgebrochen. Sie werden an Orten untergebracht, die für Ansammlungen errichtet wurden, dort haben sie Zeit, zu begreifen, an welchem Punkt der Welt und ihrer Reise sie feststecken.

Die Männer können müßig dasitzen und die Tage vor sich ausbreiten wie Wäsche zum Trocknen. Die Frauen nicht, sie ertragen es nicht, hingekauert über dem Warten zu brüten. Die Kinder laufen auf jede Öffnung zu, sie haben keine Angst vor Menschenfressern. Ein Junge kommt mir entgegen, vielleicht zehn Jahre alt, er sagt nur ein Wort:

»Düsseldorf.«

Ich mache ihm ein Zeichen, er solle dort warten. Als ich zurückkehre, ich habe eine Landkarte gekauft, ist er nicht mehr da. Ich erkenne meinen Irrtum, und die Scham trifft mich wie ein Schlag. Er brauchte keine Information, sondern eine Fahrgelegenheit. Meine verspätete Reaktion bestürzt mich. Ich habe versprochen, brillant und hervorragend zu sein – und falle bei der ersten Prüfung in meine Trägheit zurück. Ich hätte ihn nach Düsseldorf begleiten sollen.

Bis hierhin war er schon gekommen, ich hätte den letzten Teil hinzufügen müssen. Ich suche ihn am Bahnhof, er ist nicht da. Sie werden ihn aufgegriffen und in eine der Ansammlungen zurückgebracht haben.

SIE WERDEN MINDERJÄHRIGE genannt und wie verlorene Gegenstände behandelt. Minder bin ich vor dem ein Meter dreißig großen Menschen, der mir keine Zeit zum Umdenken gegeben hat.

Sie essen ein warmes Gericht, stecken sich ein Stück Brot in die Tasche, ein bisschen Käse und machen sich aus dem Staub. Sie sind fließendes Wasser, man kann es nicht absperren. Wenn ein Sprung gemacht werden muss, springen sie als Wasserfall hinunter, wenn es eine Mauer gibt, haben sie Grillenbeine.

Düsseldorf, warum habe ich dem Befehl zur Reise nicht gehorcht?

Ich begegne einem Mann, der sich umschaut. Er ist ungefähr so alt wie ich, ein Mantel, der ihm bis zu den Füßen reicht. Ich frage ihn, wohin er will. Zum Bahnhof, sagt er. Ich begleite ihn und frage nach seinem Ziel. Der Bahnhof. Und danach? Danach geht er ins Lager zurück. Er ist Zigeuner, gestern mit seiner Familie angekommen, er muss einen Koffer am Postamt aufgeben.

Nichts mit Düsseldorf, den Zug habe ich verpasst.

ICH GEHE IN meine Unterkunft zurück. Mir bleiben noch zwei Stunden, um Lärm mit den Werkzeugen zu machen, dann muss ich aufhören, um die Nachbarn nicht zu stören. Nach den ersten Stößen mit dem Meißel auf dem Block höre ich die Musik einer Ziehharmonika. In der Nähe übt jemand. Ich höre auf zu schlagen, die Musik hindert mich. Wenn ich weitermache, wird der Schlag mit dem Hammer die Hand treffen.

Ich falte die Landkarte auf, suche Düsseldorf. Ein zehnjähriger Moslem, in der Tasche die Adresse eines Verwandten oder einer Moschee. Oder nichts, er könnte den Namen von jemandem gehört haben, er hat ihn gelernt und sagt ihn von unten nach oben einem gedankenlosen Menschen ins Gesicht.

De Amicis rührt mich mit seiner Reise vom Apennin bis zu den Anden. Ich weine im Kino, auch über einem Buch, aber nicht vor dem, der Düsseldorf zu mir sagt. Was ist weniger mächtig an der Wirklichkeit, verglichen mit der Fiktion? Ich verstehe mich nicht. Ich bin ein praktischer Mensch, ich kenne die Geschichten von Menschen und weine an den falschen Orten. Ein Kind, das auf einer Reise rasch zum Mann wurde, hat mich mit drei Silben im Mund und zwei klaren, dunklen Augen blockiert.

Ausgeleert bleibe ich mit der Karte in der Hand zurück.

Ich habe Kinder begleitet, manche auf dem Arm ihrer Väter, an deren Jacken geklammert. Einen kleinen Jungen habe ich auf den Schultern getragen. Er fieberte, hat auf meinen Nacken gepinkelt. Er hat es nicht gemerkt, er schlief.

Es war heiß, und der Urin hat sich mit dem Schweiß vermischt.

Minderjährige, wäre ich doch nur einmal so groß, wie sie klein sind. Ich bin kein Vater. Ohne diese Erfahrung sehe ich an den Füßen der reisenden Kinder die Schuhe der Propheten. Ihre Schritte künden von der Gegenwart zwischen Menschenfressern, zwischen Uniformen, zwischen Gedankenlosen.

Ich falte die Karte zusammen, wickle ein Tuch um den Marmorblock, stecke ihn in den Brotbeutel. Ich beschließe, ihn bei mir zu tragen, damit er ein Teil meines Gewichts wird.

In der Remise halte ich das Stück an das Weiß der Statue. Es ist ein anderes Material, unterschiedlich in der Farbe. Dass etwas hinzugefügt wurde, wird offensichtlich sein. Doch das Geschenk des Blocks gestattet keine Einwände, er muss es sein. Gut, dann ist er eben unwahrscheinlich. Unwahrscheinlich ist auch dieser Arbeitsauftrag, mein Winter in einer Stadt am Meer, die Erfahrung der Barmherzigkeit für eine Statue.

Ich bin jemand, der keine Fragen stellen kann, nicht einmal um eine Information zu bekommen. Das wird der Grund sein, warum ich den Glauben nicht kenne. Die Gottheit will, dass man anklopft, sie will befragt sein. Ein starker Antrieb im Inneren eines Menschen ist nötig, um diese Vertraulichkeit zu erreichen, sich mit dem Du an ihn zu wenden.

INNERHALB WENIGER MONATE habe ich Gespräche mit einem Priester, einem moslemischen Arbeiter und einem Rabbiner geführt. Niemals zuvor ein Kontakt mit Religionen und dann drei auf einmal. Sie haben mich von ihren Balkonen blicken lassen, wo mir schwindelig wurde, was nie vorkommt, wenn ich an steilen Felswänden absteige. Von ihren Balkonen aus habe ich nach unten geblickt: die Gottheit wohnt nicht in himmlischen Atmosphären, wo es wenig Sauerstoff gibt. Sie wohnt darunter, als Fundament der Leere und des Balkons.

Die Worte ihrer heiligen Schriften sind Haltepunkte, um in den Abgrund hinunterzusteigen und zurückzukommen.

Diese Dinge fallen mir ein, während ich mit dem Travertin im Brotbeutel spazieren gehe. Es sind Gedanken, die von seinem Gewicht abhängen.

In den Gärten breitet sich die Mimosenblüte aus. Ihr Gelb stößt mit dem Grau der Wolken zusammen und leuchtet dann stärker als in praller Sonne. Sie verwirrt die Nase, die irgendwo in der Nähe Vanille riecht. Im Gebirge knistert bei Gewitter die Luft vor Rost, und der Boden bereitet sich auf den Aufprall des Blitzes vor. Die Erde ist ein lebender Organismus, das ist der ganze Glaube, zu dem ich fähig bin.

ZURÜCK IN DER Unterkunft, nehme ich den Verband ab, wasche mich, vermeide es, hinzusehen. Ich bringe dem Priester den Marmorblock, er soll ihn sehen. Er fürchtet, dass er wegen des Farbunterschieds zu auffällig ist.

Ich verteidige die Entscheidung. Er wird ohnehin auffallen, der nackte Gekreuzigte wird an dieser Stelle alle Blicke auf sich ziehen. Oft ist die Hautfarbe der Natur anders als die des übrigen Körpers.

»Ich muss dir glauben. Dieses Werk muss vollendet werden und bereitstehen, damit es den neuen Kurs der Kirche nach dem Ebenbild des Gekreuzigten einleitet. Ich glaube an die sakrale Bedeutung dieses Werks. Ich glaube, dass du der

Richtige für das Endergebnis bist. Der Glaube hat mich darin geübt, die Winke der Vorsehung zu erkennen.«

Er sieht mir am Gesicht an, dass ich zweifle, Teil eines Plans sein zu können. Eher würde ich mich zurückziehen, um ihn nicht zu verderben.

»Es gibt einen Plan im Knotengewirr eines Teppichs.«

Knoten, die kann ich machen. Die kenne ich. Ich stelle mir einen vor und fühle mich etwas wohler.

»Die Wissenschaft erforscht die Ereignisse und unterteilt sie in Zufall und Notwendigkeit. Die Vorsehung enthält beides, beides gehört zu ihren Zeichen. Sie erscheint in zufälligen Formen, aber wer den Glauben praktiziert, erkennt die Absicht, die Spur eines Plans. In dieser Unternehmung bist du ein Werkzeug der Vorsehung.«

ICH MÖCHTE ES lieber nicht wissen. Ich kenne Werkzeuge, Instrumente. Sie haben einen Griff und agieren durch eine Krafteinwirkung von außen. Ich dagegen fühle mich frei von Verpflichtung und bin mir selbst unvorhersehbar.

»Es ist gut, dass der Künstler nicht das Gefühl

hat, einem anderen Willen zu gehorchen als dem eigenen. Es ist auch gut, dass ihm der Zweifel an der Herkunft seiner Inspiration bleibt. Nicht selten fühlt er sich besessen.«

Ich erzähle ihm von Neapel, vom Museum. Dort ist mir die Idee gekommen, dass die Natur aus einem anderen Stein gemacht sein muss. Das gleichmäßige Weiß dieser nackten Körper macht die ausgesetzte Natur zu irgendeinem beliebigen Teil der Anatomie. So ist es nicht. Sie ist ein besonderer Teil, weil sie geschützt wird. Nicht aus Schamgefühl haben die Kulturen sie bedeckt, sondern um sie vor Stößen, Angriffen, Gefahren zu schützen. Sie ist der verletzlichste Teil. Die Nacktheit des Gekreuzigten erregt das uralte Mitleid mit der ungeschützten Natur. Seine Hände können sie nicht bedecken, seine Beine sie nicht zwischen sich aufnehmen. Die Qual des gekreuzigten Körpers gipfelt in diesem entblößten Teil.

MIR KOMMEN WORTE, die ich vorher nicht gedacht hatte. Es stimmt nicht, dass die Statuen im Museum mir die Idee eines andersfarbigen Marmors eingegeben haben. Sie ist mir gekommen, während ich es sagte. Ich habe ihren Ursprung erfunden, um einem in diesem Moment entstandenen Gedanken das Gewicht der Überlegung zu verleihen.

Der Priester akzeptiert die improvisierte Erklärung. Er betrachtet den rohen Block, hebt ihn hoch, um ihn in einem anderen Licht zu sehen. Wir beschließen, zum Abendessen in den Hafen zu gehen, als Abschluss unserer Begegnung. Vor einer Fischsuppe lässt er sich Neapel erklären, er kennt es nicht.

Es ist eine Stadt der Körper, die sich im Tanzrhythmus bewegen. Weil es so dicht bevölkert ist, haben die Einwohner einen Rhythmus gelernt, in dem sie sich fortbewegen. Du siehst sie und verstehst, dass sie einer Schallwelle folgen, einem musikalischen Mechanismus, der einsetzt, wenn die Füße den Bürgersteig berühren.

Für ihn erfinde ich einen Eindruck, der mir gekommen ist, während ich mit dem Löffel in der Suppe rührte. Das, was im Suppenteller passiert, wende ich auf die Stadt an. Neapel eignet sich gut dafür, Topf und Kessel zu werden. So beschreibe ich ihm die Stadt, in der er noch nicht war, von der er aber sicher Geschichten und Legenden kennt.

SIE SPRECHEN EINE Sprache, die so komprimiert ist wie ihr Kaffee, Stenographiesilben. Wenn sie einander laut rufen müssen, benutzen sie eine schleppende Melodie. Namen werden gedehnt ausgesprochen, mit verlängerten Vokalen: Franci-schiel-lo-ooo!

Man fährt besser im Winter hin, die Stadt ist ehrlicher. Wenn ihnen die Kälte in den Knochen sitzt, können sie nicht schauspielern. Der Priester hört zu und trinkt einen guten halben Liter Roten, mir genügt ein Viertel. Die Fischsuppe ist reich bestückt, mit den Fingern holen wir uns ein Büschel Gräten aus dem Mund. Eine bleibt ihm im Hals stecken. Ich rate ihm, sofort eine Brotkrume hinunterzuschlucken, um die Gräte nach unten zu drücken. Der Trick gelingt unter Hustenkrämpfen. Er dankt mir.

Meine Großmutter sagte, dass man bei Tisch mit dem Tod kämpft. Die Übertreibung diente dazu, den Bissen einzuschätzen und ihn gut durchzukauen, bevor man ihn in die Kehle schob. Er stimmt zu und schluckt ein halbes Glas Wein, um den Durchgang feierlich wiederzueröffnen. Er wäre fast erstickt, als er von Neapel hörte. Es ist eine gefährliche Stadt. Man wandert hindurch mit der Aufmerksamkeit, die man den Bissen einer Fischsuppe schuldet.

»EIN JAHR LANG, ich sagte es dir schon, habe ich nach dem Bildhauer für die Restaurierung des Kruzifixes gesucht. Ein Jahr, in dem ich die unterschiedlichsten Künstler kennenlernte, berühmte und unbekannte, alte und junge. Allen gemein ist der Dünkel, der Rang, den sie zu besitzen glauben. Ich habe nicht einen getroffen, der verstört gewesen wäre, erschüttert angesichts der Aufgabe. Alle waren nur von dem einen Gedanken besessen, den Auftrag in ihre Karriere einzubauen. Vor allem anderen dachten sie an die Sätze, mit denen die Arbeit vorgestellt werden sollte, an das Risiko, sich der Obszönität auszusetzen, also der Lächerlichkeit. Dass beides zusammenfällt, kommt vor. Ihre Bedenken galten ihnen selbst, nicht der Arbeit, die sie ausführen sollten.

Der Letzte bat mich, für den Fall eines Verkaufs der Statue seine prozentuale Beteiligung vertraglich festzulegen. Ein Prozent sollte sie betragen, so hatte er die Größe des Teils berechnet, den er hinzufügen würde. Den Brief an den Bischof mit meiner Bitte, mich von der Aufgabe zu entbinden, hatte ich schon geschrieben. Dann bist du gekommen, einer, der sich nicht einmal als Künstler bezeichnen will. Du hast dich der Statue genähert wie einem kranken Menschen. Als Arzt hast du verlangt, die Heilung nicht unterschreiben zu müssen. Was würdest du aus meiner Perspektive zu dieser Geschichte sagen?«

Mir fällt keine Antwort ein. Ich erhebe das Glas, um mir den Mund zu verschließen, er versteht die Geste als Trinkspruch.

»Auf deine ausgestellte Natur.«

Auf die seine, antworte ich.

Am Nebentisch spielen fünf alte Männer Karten. Ich erkläre dem Priester die vierzig Karten und die vier Farben des italienischen Kartenspiels. Für ihn sind das Glücksspiele. Und was ist das, was wir machen, einen nackten Gekreuzigten zeigen? Wir verabschieden uns gut gelaunt.

ICH KLEMME DEN Block zwischen zwei Spannbacken aus Holz, damit sie Vibrationen abfedern, die ihn beschädigen könnten. Ich hämmere stundenlang, es sind die Schläge einer defekten Uhr. Wie beim Bergsteigen konzentriere ich mich auf die Zentimeter direkt vor meiner Nase.

Ich folge den Adern im Travertin. Meißle das Stück umgedreht heraus, das Obere zuunterst. Zum Schluss poliere ich, obwohl das sinnlos ist, weil ich noch mehr wegnehmen muss. Das Polieren soll mich dem Ergebnis annähern.

Ich arbeite unter einer Wolldecke, das dämpft den Lärm. Die Arbeit ist unterteilt in Schlagen und Atmen, Schlagen und Atmen, und nichts anderes höre ich, während sich zu meinen Füßen kleine Splitter anhäufen.

Als die Hände so schmerzen, dass sie Fehler machen können, breche ich ab. Ich strecke sie aus, komme unter der Decke hervor, um ein paar Schritte im Zimmer zu machen. Dann schlüpfe ich wieder unter die Decke und mache weiter, bis es draußen tagt.

Das Ende des Winters dehnt den Tag um Minuten. Abends sind die Hände geschwollen.

»DIE ADERN AUF deinen Handrücken sehen aus wie zwei parallele Flüsse, ein Tigris und ein Euphrat, die zum Meer hinunterfließen.«

Also zu dir hin, antworte ich. Sie ist vom Besuch bei den Walen zurückgekommen. Ihre Haut ist dunkler, ihre Haare heller. Sie sind kurz geschnitten, bedecken kaum ihren Nacken. Die dumme Frage: Hast du sie schneiden lassen? stelle ich nicht. In einer Komödie, die ich zur rechten Zeit in Neapel sah, rasiert sich jemand im Spiegel. Ein Bekannter kommt herein und fragt: »Ihr rasiert euch den Bart?« Nein, ich schneide mir die Hühneraugen.

Diese Antwort hat mich von überflüssigen Fragen geheilt, darum stelle ich ihr keine. Und das ist ein Fehler. Eine Frau verlangt, dass man die neue Frisur, ein neues Kleid bemerkt. Sie wirft mir Zerstreutheit vor.

Sie dagegen bemerkt meine geschwollenen Hände, die beiden hervortretenden Adern auf dem Handrücken. Sie erzählt von der Reise, dass sie sich vorgestellt habe, ich sei dabei. Die Eindrücke der Kunden ähneln einander, gerne hätte sie meine Varianten gehört. Sie sagt, ich sei ein Erfinder von Varianten.

Sie fragt mich, ob ich Bilder von der Reise sehen will. Ich bedauere die Unhöflichkeit, sage aber Nein. Dieses Mal ist sie nicht beleidigt, sie hatte es erwartet.

Vor einem Bild empfinde ich, dass etwas fehlt, all das, was außerhalb des Bildausschnitts geblieben ist. Das Bild erhebt seine Ränder zu Grenzen, und ich bekomme Lust, sie zu überschreiten.

Wir sitzen an einem Tisch in der Bar, blicken auf das raue Meer und die vom Wind getragenen Wolken. Sie trinkt einen Tee, ich einen Cappuccino.

»Männer, die Milch trinken, sind Kinder geblieben.«

Ich bin einverstanden, Milch bringt mich zwei Minuten am Tag in meine Kindheit zurück. Es muss Vollmilch sein. In den Bergen besorge ich mir melkwarme Milch. Sie brodelt, wirbelt zwei Fingerbreit Sahne auf. Stallgeruch. Warme Milch macht mich sofort glücklich. Sie sollte am Altar angeboten werden statt Wein. Wenn er beim letzten Abendmahl gesagt hätte, dass sein Blut Milch ist, hätte es keine Trunkenheit in seinem Namen gegeben. Dieser Wein ist vielen Besessenen zu Kopf gestiegen.

ICH SAGE SÄTZE, die unvermutet herauskommen. Ich sage sie, um zu prüfen, ob sie auch im Freien stichhaltig sind, nicht nur im Schädel. Die Frau ist nicht gläubig. Weniger als das: sie ist gleichgültig. Die Religionen sind für sie die Antwort auf das Bedürfnis, sich von einer wichtigen Ursache bewegt zu fühlen. Die einzige Ursache, deren Wirkung wir sind, ist für sie das Leben, mehr nicht. Auswendig zitiert sie den Satz einer Schriftstellerin:

»›Das Glück des vierblättrigen Kleeblatts beginnt und endet mit der Tatsache, dass man es gefunden hat, mehr gibt es nicht.‹ Die Religion ist die Vorstellung, dass ein vierblättriges Kleeblatt mehr bedeutet als den Zufall, es unter unzähligen dreiblättrigen Kleeblättern entdeckt zu haben. Der Tod ist ein vierblättriges Kleeblatt, früher oder später findet man ihn, und mehr gibt es nicht«, sagt sie ernst, um ein Thema abzuschließen, das ihr unangenehm ist.

Wir verabschieden uns, nachdem wir ihrem letzten Satz ein wenig Raum gelassen haben. Sie lädt mich nicht zu sich ein, wir trennen uns ohne ein Auf Wiedersehen.

Den Block in meinem Brotbeutel habe ich ihr nicht gezeigt. Es gefällt mir, sein Gewicht zu spüren, ihn immer in meinen Gedanken zu haben. Ich gewinne ihn lieb. Manchmal geschieht das mit einem Buch. Ich trage es auch bei den Grenzgängen bei mir, obwohl ich es auf dem Hinweg selten aufschlagen kann, etwas öfter auf dem Rückweg. Es ist ein Fenster in der Tasche, durch das man frische Luft hereinlässt.

DAS LETZTE, WAS ich las, war von Balzac, eine kleine Abhandlung über die Kunst, seine Schulden zu bezahlen. Der Schriftsteller erklärt, dass die Kunst eben darin besteht, sie gar nicht zu bezahlen. Die Idee gab ihm das Beispiel eines Onkels ein, der verschwendungssüchtig und ein Betrüger war. Auf mich hat es genau die gegenteilige Wirkung, prompt krame ich in Erinnerungen auf der Suche nach meinen Schulden. Ich finde die untilgbaren, die Dankesschulden: angefangen bei meinen Eltern bis zum Geschenk des algerischen Arbeiters.

Bei der Frau, die einen Künstler aus mir machen wollte, kann ich mir keinerlei Entschädigung für ihre vergeudete Zeit vorstellen.

Das bewirken Lektüren bei mir, ihre Themen hallen dröhnend durch meinen Flur der Statuen. Nachts spaziere ich über die Schnellstraße, die am Meer entlangläuft. Meine Schritte tragen mich von der Straßenlichtern fort, dorthin, wo ich den Himmel wiederfinde, den man im Gebirge sieht.

Das Himmelreich, so nennen es die Evangelien, die seinen König kennen. Wegen meiner Unkenntnis sehe ich stattdessen Anarchie, die keine Unordnung ist, sondern die unabhängige Herrschaft jedes einzelnen Lichts. Von einer Schleuder abgeschossen, kreisen Felsblöcke, Meteoriten und Kometen umher, streifen Satelliten und Planeten. Von Zeit zu Zeit zersetzen sie sich beim Aufprall auf eine Atmosphäre, dann wiederholen sie in ihrem Fallen die Aussaat des Universums.

ES HEISST, SO sei der Mond entstanden, ein Stück Erde, das durch einen ungeheuren Aufprall weggeschleudert wurde. Ein griechischer Philosoph hat sich in Athen die Todesstrafe eingehandelt, weil er sagte, dass der Mond aus Erde besteht. Manche Sätze müssen zum richtigen Zeitpunkt gesagt werden. Man lässt besser keinen wissen, dass der Mond sich mittlerweile langsam entfernt.

Auf dem nächtlichen Spaziergang entferne auch ich mich mit Gedanken, die der Nase nach gehen.

Ich kehre zurück und schlafe tief. Als der eiserne Rollladen des Fischgeschäfts hochgezogen wird, wache ich auf. Ich trinke Kaffee aus der Milchschüssel, esse eine Scheibe Brot mit Marmelade. Dann räume ich auf, spüle ab, putze die verbliebenen Zähne und schärfe die Meißel am Wasserschleifstein.

Ich setze die Stöße unter dem Zelt aus der Wolldecke neben dem Fenster. Das Ergebnis überprüfe ich mit den Fingern. Meine beschnittene Natur ist wenige Zentimeter von der entfernt, die ich heraushaue. Das tue ich nach ihrem Bild.

Beim Meißeln habe ich den Eindruck, Materie aus einer steinernen Hülle um mein Fleisch zu entfernen. Ich meißele, um eine Verpackung zu beseitigen. Unter der Marmorkruste befindet sich meine Form. Diese Gedanken helfen mir, keinen falschen Stoß zu machen.

ICH BRECHE AB, um die provisorische Oberfläche zu ebnen und zu polieren. Stunden vergehen unter dem Zelt, ich merke es nicht. Ich werde zu dem, was ich tue. Jetzt bin ich zwei Hände, die sehr alte Werkzeuge halten und das tun, was sie am besten können.

Was mir in diesem Winter passiert, schreibe ich auf. Beim Schreiben kann ich sogar etwas verstehen. Ich verstehe es, während ich es aufschreibe, keinen Augenblick früher. Ich verbringe eine Zeit ohne Uhrzeit, als Mönch, der eine Handschrift kopiert.

Nach ich weiß nicht wie vielen Tagen bringe ich die Form der Natur zum Abschluss. Ich esse aus Dosen, gehe nicht nach draußen. Ich bin der langsamste Handwerker der Geschichte. Würde ich in der Werkstatt eines Meisters arbeiten und so lange für ein Stück brauchen, hätte er mich mit Fußtritten rausgeworfen.

Es ist Ende März, als ich in das Wirtshaus am Hafen zurückkehre, das umwickelte Stück im Brotbeutel. Jeder ist an seinem Platz wie zuvor.

ICH BEGRÜSSE DEN algerischen Arbeiter, sage, dass ich fertig bin. Er fragt, ob ich die Austrittsöffnung gemeißelt habe. Wie sie geworden sei, fragt er. Sie ist eine kleine, runde Öffnung.

»Sie ist ein geschlossenes Auge, kein Wasserhahn. Ein Auge, das die Ehre hat, den Samen des Lebens hervorzubringen. So heißt es in einer unserer Auslegungen.« Er verabschiedet sich, ist fertig mit dem Abendessen.

Ein geschlossenes Auge, ich danke ihm für den Vorschlag. Ich wollte ihm den fertigen Block zeigen, jetzt verzichte ich darauf. Ich sitze auf meinem Platz, die Padrona bringt mir das Tagesgericht, Stockfisch mit Kartoffeln. Sie sagt, die Frau sei ein paarmal vorbeigekommen und habe sie gebeten, ihr meine Rückkehr zu melden.

»Soll ich sie rufen?« Ich will Ja sagen, stattdessen entwischt mir die Antwort Nein. Das passiert, wenn man einen Zwillingsbruder im Inneren hat. Manchmal kommt er als Erster auf den Lippen an.

Ein zugekniffenes Augenlid, wiederhole ich im Geist, während ich langsam den dampfenden Bissen kaue. Ich bemerke meine verlangsamten Bewegungen. Auf der Straße bin ich langsam gegangen, so dass die Menschen um mich herum beschleunigt wurden. Die Tage des Bildhauens haben mich isoliert, mich in eine andere Gangart versetzt.

Ich habe ein Buch mitgenommen, eine Abhandlung über Vincenzo Gemito. Ich schlage es auf, lese. Die Seiten vor dem Teller erhalten mir meine Langsamkeit. Ich bin der letzte Gast, also räume ich Teller, Glas und Besteck vom Tisch und bringe es in die Küche.

ICH BESCHLIESSE, DEN Block dem Rabbiner zu zeigen. Wir verabreden uns für den nächsten Tag an der Anlegestelle der Fischerboote. Die Mole ist leer, sie sind aufs Meer hinausgefahren. Wir setzen uns auf eine Bank, ich überreiche ihm den Beutel. Er öffnet ihn, betrachtet das Ergebnis. Er wundert sich über die Farbe, die Adern. Das Stück scheint ihm etwas Eigenständiges zu sein, es ist kein Teil von etwas.

Er bemerkt die angedeutete Austrittsöffnung. An dieser Stelle sei ich unsicher gewesen, sagt er. Ich erzähle ihm von der Definition des moslemischen Arbeiters.

»So heißt es auch auf Hebräisch. Auge und Quelle sind dasselbe Wort. Der Kommentar unseres Meisters Maimonides erklärt, dass das Auge nicht erduldet, sondern beherrscht, was es sieht. Es ist die Quelle der Tränen und des Lebens, kein Spülbecken.«

Eine Weile kann ich den Erläuterungen folgen, doch ich verliere mich schnell. Ich muss zur Skulptur zurück und die Austrittsöffnung in ein geschlossenes Auge verwandeln. Hinter dem Deich fliegen aufgeregte Möwen über dem Kielwasser eines Fischerboots. Sie stürzen sich auf die Abfälle, die bei der ersten Durchsicht des Fangs weggeworfen werden. Mit seiner weißen Schleppe aus Möwen fährt das Boot in den Hafen ein.

»Genau das tun wir auch, wenn wir die heiligen Schriften lesen. Wir folgen den Zeilen langsam, dann stürzen wir uns auf ein Wort, um es zu vertiefen, ohne zu wissen, warum ausgerechnet dieses. Wir sind Möwen und folgen dem Kielwasser, um etwas aufzuklauben.«

Er lächelt, ein Zeichen, dass es spät geworden ist. Ich danke ihm für seine Zeit.

ICH KEHRE IN den Raum zurück, schärfe die Spitze des kleinsten Meißels. Ich ritze tiefer, füge drum herum kleine Falten hinzu.

Es ist Frühling, ich habe zusammen mit einer Statue überwintert. Weil ich die Werkzeuge mal in der einen, mal in der anderen Hand gehalten habe, darf ich sagen, dass ich mit zwei Händen gemeißelt habe. Wir sind fertig, die Hände und ich, die Hand meines Bruders und meine. Sein fortgerissenes Leben geht in meinem weiter. In jedem Menschen gibt es genug Platz, um die Abwesenden zu beherbergen.

Er ist kein Mieter, dem ich ein Zimmer überlasse. Er ist Mitbesitzer des Lebens. In diesem Winter hat er das Wort ergriffen.

Ich gehe zum Abendessen, um dem Arbeiter das Resultat zu zeigen. Er will es nicht sehen. Er hat mir den Block geschenkt, er hat mich gedrängt, mehr als mein Bestes zu geben, und will nichts sehen.

»Du bist gekommen, um mir das Werk zu zeigen. Darum weiß ich, dass du dein Meisterwerk geschaffen hast. Ich muss das nicht kontrollieren.«

Ich denke, er weigert sich aus Scham.

»Ich empfinde Scham vor dem heiligen Körper des christlichen Glaubens. Mein fremder Blick wäre profan.«

DU WARST NICHT immer Arbeiter, sage ich zu ihm.

»Ich habe die Koranschule besucht, ich war der beste Schüler. Ich musste gehen. Afrika verstreut seinen Sand weit über das Meer hinaus. Du siehst ihn nach dem Regen auf den Fensterscheiben der Autos. Wir arbeiten als Fensterputzer, um die Spuren zu beseitigen. Ich bin ein Sandkorn, das in die Ferne getragen wurde. Hier habe ich den Ort zum Hinunterfallen gefunden. Ich bearbeite Marmor, sein weißer Staub löscht den Ort meines Aufbruchs aus. Unser Prophet sagt, das Paradies liegt unter den Füßen der Mütter. Für mich gibt es diesen Ort auf der ganzen Erde nicht mehr. Aber ich bin nicht im Exil. Ich kehre fünfmal am Tag in meine Heimat zurück, wenn ich bete. Der Ort meiner Herkunft ist überall dort, wo ich meinen Gebetsteppich ausbreite.«

ICH BETRACHTE SEINE dunklen, im Geflecht der Falten und unter den Fingernägeln weiß gefärbten Hände. In seinem Bart kann man die Farbe des Alters nicht von der des Staubs unterscheiden. Seine Hände schicken das verdiente Geld an seine Schwester in ein Dorf auf der Hochebene.

Das Meer hat er zum ersten Mal gesehen, als

er nachts in einem kleinen Hafen nahe Algier auf ein Fischerboot gestiegen ist. An Bord, versteckt zwischen den Netzen, hat er es nicht mehr gesehen. In Sardinien ist er an Land gegangen und in einen Lastwagen gekrochen, der auf die Einschiffung nach Civitavecchia wartete.

»HIER LERNE ICH das Meer kennen. Ich höre es am Fenster, es leistet mir Gesellschaft, aber es ruft mich nicht. Vor dem Steinbruch habe ich auf einem Fischerboot gearbeitet. Nachts weckte das Meer Heimweh nach dem Land.«

Ich glaube, Heimweh kenne ich nicht, ich hege nicht den Wunsch, an irgendeinen vergangenen Ort zurückzukehren. Der Vertraulichkeit des Mannes füge ich etwas von mir hinzu, um ihn nicht allein zu lassen.

»Ich kenne keinen Menschen ohne Heimweh nach einer Stunde oder nach jemandem. Nachts auf dem Fischerboot hatte ich so viel davon, dass die Wellen zu Stimmen wurden. Und ich antwortete auf Berberisch, der Sprache meiner Kindheit. Auf dem Meer sitzt man beengt über einer grenzenlosen Wüste. Es ist kein Ort für mich, es muss überquert werden und Schluss.«

WIR TUNKEN DAS Brot in die tönerne Schüssel, die zwischen uns steht. Wir kommen aus Dörfern im Hinterland und essen zusammen den Mischmasch aus Fischen, die durch das Kochen zerfallen sind. Aus Scham trinke ich keinen Wein. Aus Scham frage ich nicht, mit welchem Sandsturm seine Reise begonnen hat.

»Bei euch habe ich gelernt, niemand zu sein. Ich halte die Augen gesenkt, und das lässt mich verschwinden, ich hebe sie und erscheine wieder. Ich bin stumm und werde aufgenommen, ich spreche, um eine Information zu erbitten, und werde abgewiesen. Euch ist ein Niemand lieber. In Ordnung, tun wir so, als existierten wir nicht füreinander. Du nicht, du setzt dich zu mir, erzählst, fragst. Du bist jemand und machst auch mich zu einem Jemand.«

Am Abend ist das Meer des Hafens ein Gehege aus vertäuten Booten, Zugtieren, die im Dunkeln ihre Pause wiederkäuen, sich schwankend mit ihren Fendern aneinander reiben.

Unsere Augen wandern von der Schüssel zu den Fenstern, die auf den Hafen hinausgehen. Kauend tunken wir das Brot ein. Wenn nur noch wenig übrig ist, streichen wir gemeinsam den Rest auf. Wir ziehen unsere Mäntel an, setzen die Mützen auf und verabschieden uns.

ALS ICH UM die Ecke biege, steht da das Auto der Frau. »Steig ein, ich fahre dich.«

Ich öffne die Wagentür, halte inne, sage Nein, ich gehe lieber. Da steigt sie aus, schließt das Auto, kommt zu Fuß mit. Sie bittet mich, den Gang über die Grenze vorzuverlegen. Wenigstens hinzufahren und es einmal zu versuchen. Wir gehen getrennt nebeneinander her, den Brotbeutel auf der anderen Seite.

Sie sagt, sie will mir die Fahrt bezahlen, ich soll es nicht als Ausgleich für die gemeinsamen Abende tun. Die hat es gegeben, weil ich ihr gefiel. Sie hat nicht darauf bestanden, mich wieder einzuladen, weil sie in meinem Körper eine Leere gespürt hat, die eine andere Frau hinterließ.

»Du hast einen anderen Körper umarmt. Ich war eine Nachahmung davon. Du hast sogar Entschuldigung gesagt, sicher nicht zu mir.«

DARAN ERINNERE ICH mich nicht. Ich frage auch jetzt nicht nach ihrer Absicht. Wir gehen ziellos, nicht in Richtung meiner Unterkunft. Ich will nicht, dass sie weiß, wo ich wohne. Eine Antwort schulde ich ihr aber. Ich sage, dass ich mich nach den Schneeverhältnissen erkundigen werde, und morgen werde ich ihr mitteilen, wann wir fahren können. Sie dankt mir, fragt, ob ich die Nacht bei ihr verbringe. Ihr Atem ist nicht mehr neben mir, stellt sich vor meinen, sehr nah. Ich ziehe ihn mit der Nase ein und spüre eine Unruhe am Grund des Beckens. Es ist die erste Reaktion nach dem Eingriff. Ich schlucke Spucke, so überrascht bin ich. Es dauert so lange wie das Miauen einer Katze.

Wir werden bei der Wanderung zusammen schlafen, antwortet ihr meine tonlose Stimme. Ich lächele über den Verzicht, die Beschneidung verleiht mir eine zweite Jungfräulichkeit. Wir kehren zu ihrem Auto zurück, sagen einander bis morgen.

Erst als ich zu meinem Zimmer gehe, spüre ich wieder das Gewicht des Beutels an meiner Seite.

AM MORGEN GEHE ich zum Priester, übergebe ihm, in das Tuch gewickelt, die fertige Arbeit. Ich bitte ihn, es erst zu öffnen, nachdem ich gegangen bin. Ich gehe nicht zur Statue, um es auszuprobieren. Er wird die Wirkung und das Ergebnis sehen. Ich nehme mir ein paar Tage Abstand. Wenn ich zurück bin, wird er mir mitteilen, ob ich anfangen kann, das Stück zu befestigen.

Die Entscheidung liegt beim Bischof. Wenn es

nach dem Priester ginge, würde er mich die Arbeit noch heute beenden lassen, ohne sich das Stück vorher anzusehen. Aus verwaltungstechnischen Gründen kann er mich erst nach Abschluss der Arbeit bezahlen. Er fragt, ob ich einen weiteren Vorschuss brauche. Nein, der den ich erhalten habe, sitzt mir noch locker.

Laut Vorhersage wird es ein paar Tage gutes Wetter geben, wir müssen sofort aufbrechen. Wir fahren mit dem Bus, seltsam, dass sie ihr Auto nicht benutzt. Abends kommen wir im menschenleeren Dorf an.

In meinen seit Monaten verschlossenen zwei Zimmern hat die Kälte sich mit dem Staub verkrustet. Ich mache ein Feuer im Kamin. Die Frau wundert sich, dass einem im Haus der Atem weiß aus dem Mund kommen kann.

Sie fragt mich, ob ich so die Winter verbringe. Ich koche ihr einen Kamillentee aus Kräutern, die im Sommer geerntet wurden. Wir legen uns angezogen ins Bett unter die Decken, während die Flamme das Holz im Dach und am Boden langsam wiederbelebt, es fängt an zu knacken.

Sie umarmt mich von hinten, die beste Methode, sich zu wärmen. Zwei kalte Körper wärmen sich durch Kontakt, ohne eine andere Wärmequelle. Umarmungen erzeugen Brennwert.

ICH SAGE, DASS wir mit einer Übernachtung im Freien rechnen müssen, wenn sie gleich nach dem Gang über die Grenze zurückwill. In dem Fall wird die Nacht strenger sein als diese hier im Haus. Ich werde auf jeden Fall sofort zurückkehren.

Sie antwortet nicht, lässt mich nicht wissen, ob sie länger auf der anderen Seite der Grenze bleiben will. Ich werde ein Zelt und einen Gaskocher mitnehmen müssen.

Sie fragt, ob es möglich ist, umzukehren, wenn sie nicht mehr weiterkann. Ja, doch wenn man über die Hälfte der Strecke hinaus ist, muss ein Lager aufgeschlagen werden. Die Kälte wird keine Pausen erlauben. Wenn wir müde sind, werden wir langsamer gehen, aber nicht haltmachen. Es ist Anfang April, und bei uns hat der Winter die Natur bis Mai im Griff. Mit ihrem Atem im Nacken schlafe ich ein.

Ich wache im Dunkeln auf, sie schläft. Ich fache das Feuer im Kamin wieder an, erwärme das trockene Brot über der Glut, koche Kaffee, öffne ein Glas Marmelade. Die Geräusche wecken sie nicht. Ich gehe zu ihr und setze ihr die abgerutschte Wollmütze wieder auf, ihre Haare sind strohig von der Kälte.

Sie erwacht, steckt den Kopf unter die Decke. Von dort höre ich sie sagen, sie habe nicht geschlafen, wegen der Geräusche im Haus. Ein Geisterkonzert, Schnauben, trockenes Knacken, Rauschen, sogar die Silben einer unbekannten Sprache.

DAS IST DAS Holz, das sich durch die Heizung ausdehnt, sage ich.

»Sprich das Wort Heizung nicht aus, die hat es in diesem Haus nie gegeben«, ruft sie wütend unter der Decke.

Ich sage, dass Holz ein lebendiger Stoff ist, es reagiert auf Feuchtigkeit, Trockenheit, Kälte und Wärme. »Du bestehst noch immer darauf, von Wärme zu sprechen? Ich habe Stimmen gehört, dieses Haus ist ein Gespensternest.« Das sind die Siebenschläfer auf dem Dachboden, nach dem Winterschlaf fangen sie an, sich zu bewegen.

»Ich werde keine zweite Nacht mit diesem Orchester von Quälgeistern verbringen.«

Hier gibt es keine Geister, entgegne ich, während ich mit dem heißen Kaffee zu ihr gehe. »Doch, es sind Quälgeister, und du musst einer von ihnen sein, wenn du hier leben kannst.«

Wir müssen uns bewegen, sage ich und reiche ihr die Tasse.

»Stell sie auf den Kamin, ich setze mich davor.«

Eingewickelt in die Decke, geht sie zur Bank vor dem Feuer, dessen Flammen größer werden. »Ist mir vorher nie aufgefallen, dass Feuer auch Licht spendet.«

SIE LEERT DAS halbe Marmeladenglas auf das geröstete Brot, nippt am Kaffee. »Zucker?«

Gibt es nicht. Sie gibt einen Löffel Marmelade in den Kaffee und rührt nervös um.

Die Dunkelheit draußen ist von der Kälte umschlossen. Das Haus knirscht wie ein Körper, der sich nach dem Schlafen reckt. Ich packe das Nötigste in den Rucksack, kein Wasser, wir werden uns mit Schnee behelfen.

Wer weiß, was sie zu dieser Bußübung zwingt.

Sie trägt so viele Schichten Kleidung wie möglich. Etwas Schweres steckt unten in ihrem Rucksack. Als ich ihn aufhebe, um ihn ihr zu reichen, reißt sie ihn mir brüsk aus der Hand.

Wer an Wanderungen im Gebirge nicht gewöhnt ist, belädt sich mit überflüssigen Gewichten.

Ich denke an die Gepäckstücke der Wanderungen über die Grenze: ihr Gewicht ist das Gegenteil, das doppelt konzentrierte Leben auf Reisen.

Ich lösche das Feuer, damit man am Morgen nicht den Rauch sieht, der meine Anwesenheit verrät. Wir gehen nach draußen, ein erster heller Schimmer greift die Nacht an. Es ist die kälteste Stunde des Tages, die ersten Schritte kratzen am Eis. Sie ist bis über die Nase eingepackt. Wütend stapft sie mit eiligen Schritten hinauf. Nach wenigen Minuten wird ihr die Luft wegbleiben, der Körper braucht Anlauf.

SIE BLEIBT STEHEN, schnaubt, ich rate ihr, langsamer zu gehen, ohne stehenzubleiben. Sie rührt sich nicht. Ich sage, dass ich sofort umkehre, wenn sie noch einmal stehenbleibt. Und gehe voraus, mit langsamen Schritten, damit sie in den Rhythmus hineinfindet. Der Weg führt diagonal durch den Wald nach oben, die Schräge ist anstrengend für die Fußgelenke. Ich habe einen Stock in der Hand, auf dem ich ein wenig Gewicht abladen kann.

Sie hat zwei moderne Stöckchen, unten spitz, unbequem für jemanden, der keine Übung hat. Sie stolpert über einen. Nach dem zweiten Straucheln wirft sie die Stöcke weg, ich höre das Geräusch, drehe mich nicht um.

Der Wald aus Lärchen, Tannen und Zirbelkiefern ist ein Labyrinth, unterbrochen von kleinen Schluchten, die man umgehen muss.

Auf einem steilen Stück Weg drehe ich mich um, um ihr zu Hilfe zu kommen. Sie hat etwas in der Hand, was sie schnell in die Tasche steckt. Es scheint mir ein Apparat zur Ortsbestimmung zu sein. In diesem Dickicht aus Bäumen, Felsen und Schnee nützt er, glaube ich, wenig, um den Weg wiederzufinden, aber ich verstehe nichts davon. Möglich, dass er funktioniert.

Vertraut sie mir nicht? Das kann nicht der Grund sein. Mir kommt der Gedanke, oben, wenn wir aus dem Wald heraus sind, die schwierigste Strecke zu nehmen. Egal, ob das mein Instinkt war oder der meines Bruders, es ist auf jeden Fall besser, sie vor einer Wiederholung zurückschrecken zu lassen.

IN DER HÖHE ist der Tag klar, doch die Nordflanke, an der wir aufsteigen, bleibt im Schatten düster. Wir wechseln kein Wort. Hinter mir höre ich das Geräusch ihrer unregelmäßigen Schritte. Bei unterschiedlichen Schritten ermüdet man schneller. Sie müssen kurz und gleich sein. Ich werde jetzt nicht erklären, wie man im Gebirge geht, die Leute, die ich begleite, müssen nichts lernen, sie müssen auf die andere Seite kommen.

Ich zähle die Stunden nicht, ich kenne sie. Drei braucht man, um zwischen den Steinen des alten Bergrutsches aus dem Wald herauszukommen. Wir brauchen mehr.

Keine Spur auf dem harten Schnee, an den steilsten Abschnitten grabe ich mit der Stiefelspitze ein paar Stufen. Ich binde ihr ein Seil um die Taille und helfe ihr von oben beim Hinaufsteigen.

Insgeheim bestätige ich mir die Entscheidung, die schwierigste Strecke zu nehmen.

Mittags kommen wir auf eine Lichtung unter einem steilen Felsvorsprung. Die Sonne streift sie nur. Es ist eine gute Stelle, um den zurückgelegten Teil des Aufstiegs zu überblicken. Auf einem nahen Kamm steht eine Herde Gämsen mit ihren Kleinen in einem besonnten Fleck ohne Schnee.

Die Frau ist müde, ich nehme meinen Rucksack ab, sie wirft sich mit einem Seufzer der Erleichterung auf den Boden. Ich gehe ein paar Schritte von ihr weg, schaue durchs Fernglas.

EIN MANN TAUCHT auf dem Geröllfeld auf und verschwindet wieder zwischen den Steinbrocken. Er ist allein, trägt ein Gewehr auf dem Rücken. Er folgt unseren Spuren.

Die Frau wickelt ein rechteckiges Stärkungsmittel aus und kaut. Sie fragt, wo wir sind, wie weit wir gekommen sind. Vor uns liegt noch ein vertikales Stück Weg. Sie hebt die Augen.

»Da entlang? Das kann nicht sein. Es stimmt nicht, dass du die Flüchtlinge auf diese Steilwand führst. Wohin bringst du mich?«

Ich antworte nicht. Sie wird zornig, hebt die Stimme. Ich senke meine, spreche langsamer. Ich habe nicht gefragt, wozu ihr die Grenzüberschreitung dient. Dann schweigen wir, zwei, die beschlossen haben, einander zu vertrauen.

Obwohl langsamer gesprochen, haben meine Worte härter geklungen, als ich wollte. Also erkläre ich es ihr, um die Spannung zu mildern. Auf dem Gipfel der Steilwand werden wir ein langes Stück über den Kamm gehen, auf und ab. Von jetzt an werden wir ständig angeseilt sein.

Sie steht auf, holt ein Fernglas aus dem Rucksack, tut so, als betrachte sie das Panorama, sucht einen bestimmten Punkt. Ich kenne den Grund dieser Manöver nicht, aber sicher weiß sie von dem Mann, der uns folgt. Oben auf dem Kamm werden wir aus weiter Ferne sichtbar sein und mit einem kräftigen Schritt leicht einzuholen. Ich stelle mir vor, dass sie dann absichtlich langsamer wird. In dem Fall werde ich das Seil lösen und mich auf ein Geröllfeld fallen lassen. Ich will nicht wissen, wer hinter uns her ist und warum. Ich bin keiner, der allem auf den Grund gehen muss, und bei uns zieht man es vor, so wenig zu wissen wie möglich.

DEN RUCKSACK MIT dem Zelt und dem Gaskocher lasse ich in einer Felsnische zurück. Auf dem Rückweg werde ich sie wiederfinden. Ich binde mir das Seil um die Taille und sie ans andere Ende. Die Steilwand hat eine Schwachstelle, einen senkrechten Spalt, der sich oben zu einem Kamin erweitert. Ich fange an zu klettern, der Fels ist kalt, die Finger werden gefühllos. Ich bin daran gewöhnt, habe ein bisschen Hornhaut, die als Kissen dient.

Wenn man sich an den Rändern des kalten Spalts festklammert, schürft die Haut ab. Handschuhe kann ich nicht benutzen, beim Greifen würden sie rutschen. Ich sage ihr, sie soll welche anziehen, ich werde sie hochziehen, sie muss nur die Füße abstützen.

Es ist anstrengend, dies ist nicht die Jahreszeit für solche Ausflüge.

Weiter oben liegt die Wand in der Sonne. Als ich dort ankomme, fünfzig Meter über der Frau, ist das Seil aufgebraucht, ich halte an und stütze mich gut ab. Ich rufe sie, damit sie zu klettern beginnt. Anfangs kämpft sie sich ab, rutscht aus, hängt am Seil, flucht. Das Gewicht ihres Rucksacks erschwert ihr die Bewegungen, mir vergrößert es die Anstrengung, sie hochzuziehen.

Sie hat einen starken Willen, beruhigt sich, konzentriert sich, überwindet die Verzagtheit und arbeitet mit.

Sie habe keine Angst gehabt, sagt sie, als sie auf meiner Höhe ankommt, denn sie sei wütend gewesen. Besser so, dies ist kein Sonntagsausflug.

ICH SICHERE SIE an einem stabilen Felsvorsprung und klettere weiter nach oben. In der Sonne fällt der Aufstieg leichter, die Füße stellen sich sicherer auf den trockenen Grund und tragen das Körpergewicht besser. Schweißgebadet erreiche ich den Gipfel der Felswand. Ich hole sie und das Seil zwischen uns nach. Dieses Mal folgt sie ohne falsche Schritte und Ausrutscher. Oben angekommen, sagt sie, es habe ihr fast gefallen. Es gibt ein wechselseitiges Lächeln, das wir sofort verschwinden lassen.

Obwohl ich weiß, dass Ärger auf dem Programm steht, gaukelt mir allein die Tatsache, an dasselbe Seil geknüpft zu sein, ein Einverständnis zwischen uns beiden vor. Das ist ein Irrtum, aber ich kann dieser Frau nicht übelwollen, obwohl sie mich verrät. Ich zeige ihr den Verlauf des Kamms, über den wir gehen werden.

Es ist Nachmittag, wir steigen seit neun Stunden auf.

Bergkämme sind ein Auf und Ab über Schnee und Geröllfelder. An manchen Stellen sind sie schmal, fallen auf beiden Seiten steil in die Tiefe ab. Wir gehen jetzt, ans kurze Seil geknüpft. Wenn sie auf einer Seite abrutscht, werfe ich mich auf der anderen Seite zu Boden, als Gegengewicht.

EINE STUNDE LANG kommen wir langsam voran. Meine Hoffnung ist, dass die schwer zu bewältigende Steilwand den Mann mit dem Gewehr zurückhält. Sie wird langsamer, sagt, sie sei erschöpft. Das ist der Trick, den ich erwartet habe. Ich suche die geeignetste Stelle auf dem Kamm, wo ich mich losbinden und Hals über Kopf in den

Abstieg stürzen kann. Da ist eine steile Geröllhalde, wo ich es versuchen könnte. Nicht könnte, ich muss es versuchen.

Sie liegt fünfzig Schritt vor uns. Ich überlege, dass ich mich ohne ein Wort vom Seil lösen und über die Felsen absteigen werde, die auf die Moränen führen. Während ich diese Gedanken aneinanderreihe, explodiert ein Schuss, instinktiv ducke ich mich. Wir drehen uns um, schwer zu sagen, woher der Schuss kam. Wenn er auf uns gezielt war, könnten wir im Visier sein, und weitere könnten folgen. Wir sehen etwas, was von einem Grat stürzt, den wir überquert haben. Es ist ein Körper, erst langsam, dann wird er lawinenschnell, prallt an den steilen Flächen aus Felsen und Gesteinsblöcken ab. Sie legt die Hände vor den Mund, um einen Schrei zu ersticken.

DER KÖRPER EINES Mannes verschwindet zwischen den Trümmern mehrere hundert Meter weiter unten. Sie schreit einen Namen, dessen Laut in ihrer Kehle erstickt. Wir stehen auf einem schmalen Strich zwischen zwei Abgründen. Ich halte sie am kurzen Seil, ziehe sie an eine sichere Stelle.

Dort stehen wir, mit demselben Seil an das

Leben geknüpft. Das Erste, was ich tue, ist, ihren Knoten zu lösen. Sie ist wie versteinert, starrt auf den fernen Punkt, merkt nicht einmal, dass ich das Seil löse. Ich löse auch meinen Knoten und hole die fünfzig Meter Seil ein, wickle sie auf, hänge sie mir über die Schulter. Dann bemerkt sie, was ich tue. Zwischen uns herrscht ein unerträgliches Schweigen. Ich muss zurück, sehen, was passiert ist. Es kostet mich Mühe, das auszusprechen. Ich möchte es tun, Schluss, aus, soll sie selbst sehen, wie sie auf diesem Kamm zurechtkommt.

Sie blickt mich stumm an. Ich kann sie nicht alleinlassen, ohne ihr eine Möglichkeit zur Entscheidung zu geben. Ich zeige ihr, wie es weitergeht, noch ein kurzes, leichtes Stück über den Kamm, absteigend, dann die Wälder voll gut ausgeschilderter Pfade, die ins Tal führen. Wir sind schon über die Grenze hinweg. Sie hat noch gut drei Stunden Tageslicht, das genügt. Mehr kann ich nicht sagen, währenddessen beende ich meine Vorbereitungen für den Rückweg.

»Wir müssen reden.«

Zu spät für Diskussionen.

»Wann hast du Verdacht geschöpft?«

Ich verstehe mich nicht auf Verdächtigungen.

»Beeilen wir uns, für Versteckspiele haben wir keine Zeit. Du hast begriffen, dass man mir folgen würde. Hast jemanden gerufen, der dir den Rücken deckt. Du hast dir einen Mord aufgehalst, einer von deinen Leuten hat den Mann erschossen, der uns folgte. Du bist nicht der naive Mensch, für den du dich ausgibst.«

Ich verstehe kein Wort. Für Kriminalgeschichten bin ich unempfänglich. Ich gehe ohne sie zurück, denn ich muss schnell sein.

»Du lässt mich hier?«

Wir haben die Grenze überschritten, ich hätte sie sowieso etwas weiter vorn allein zurückgelassen.

Ich habe es eilig, gehe an ihr vorbei und laufe, so schnell ich kann, in den Spuren unserer langsamen Schritte zurück. Von hinten erreicht mich ein gerufenes Danke, zweimal. Beim Geräusch meiner Schritte kann ich nicht unterscheiden, ob es ernst gemeint oder vor Wut gerufen war.

OHNE SIE FLIEGE ich, komme zu der Stelle, wo der Körper abgestürzt ist. Es gibt mehrere Spuren im Schnee außer unseren, mindestens zwei, vielleicht drei Personen. Sie sind über unsere Spuren getrampelt, um keine einzelnen Abdrücke von Stiefelsohlen zu hinterlassen. Dort, wo der Fall des

Körpers begann, ist ein Streifen Blut am Boden. Er wurde an den Rand des Abgrunds geschleift. Der Mann wurde hinabgestoßen, die Spuren sind mit einer Schaufel festgeklopft.

Jemand ist dem Mann gefolgt, hat auf ihn geschossen und hatte auch eine Schaufel dabei.

Die Stelle, wo er in die Tiefe gestürzt ist, liegt zwischen Schluchten und Felsspalten, unmöglich, dort hinunterzusteigen und zu suchen.

Ich beeile mich, werde schneller, wenn es abwärtsgeht, lasse mich am Seil an der Steilwand hinab, die wir hinaufgeklettert sind. Ich muss die Zeit des Rückwegs verkürzen, hole den Rucksack und laufe, um noch vor der Nacht zurück zu sein und kein Lager aufschlagen zu müssen. Von Westen nähert sich ein Knäuel violetter Wolken, früher als vorhergesagt. Es ist ein Schneesturm. Eine wütende Kraft bricht in mir aus, ich renne und erreiche die Waldgrenze im Dunkeln, während der Sturm seine Kraft in den Wind entlädt.

Blindlings laufe ich zwischen den Bäumen hindurch, nach dem Gedächtnis, schlage mich mit den Windböen, rufe mir selbst zu, dass ich in meinem gewohnten Lebensraum bin, das hier ist mein Zuhause, der Sturm ist ein Hund, der mich begeistert empfängt, mir mit den Läufen an die Brust springt. Es ist ein Delirium aus Müdigkeit und Verbissenheit, ich falle, stehe wieder auf, stoße gegen Äste, Schnee wirbelt vom Boden auf, ich trinke ihn, spucke ihn aus, trete ihn, beschimpfe ihn. Kein einziges Mal irre ich im Weg, ich komme zur Haustür und muss sie verwünschen, um einzutreten.

ICH WERFE MICH unter die Bettdecke, im Gesicht noch Schnee, ohne einen einzigen Gedanken. Feuer mache ich nicht, ich kann mir gerade noch die Schuhe und die nassen Kleider ausziehen. Ich bin leer. Nichts von dem, was der Tag war, taucht aus der Müdigkeit auf. Der Körper erlaubt keine Ablenkung, er ist auf sich selbst konzentriert, auf die Kälte, den leeren Magen. Wie eine Lawine fällt der Schlaf auf mich, während draußen der Schnee das Gebirge erdrückt.

Am Morgen liegt er einen Meter hoch, und es gibt einen Rest Sturm mit langsamen Flocken. Ich mache Feuer, daneben wärme ich Wasser auf, um mich zu waschen, dann den Kaffee mit einem Rest Brot und Marmelade an dem Löffel, den sie benutzt hat. Sie wird rechtzeitig hinuntergegangen sein. Was zum Teufel haben die beiden transportiert, die Atombombe? Um einen dummen Gebirgsbewohner zu töten, der nichts wissen will. Ein paar unnütze Fragen, während das Wasser sich erwärmt, dann ziehe ich mich aus und wasche mich Stück für Stück von den Füßen bis zu den Haaren.

Jetzt muss ich nachdenken, sage ich mir.

Seit wann funktionieren meine Gedanken auf diese Weise? Sie kommen, wann sie wollen, und halten einen großen Abstand zu dem, was ich gerade brauchen könnte.

Die Kleider von gestern dampfen vor dem Feuer. Der Kaffee dampft, das Brot, und ich betrachte gedankenverloren das Funkensprühen des trockenen Holzes. Was für ein großartiger Denker, nach einer halben Minute lasse ich mich schon wieder ablenken. Epikur würde mir ins Auge spucken.

DIE DACHBALKEN KNACKEN wie Nussschalen, der Kamin seufzt, die Siebenschläfer unter dem Dach jagen einander. Ich bin in meinem gewohnten Winter, gestern war nur einer seiner wenigen Tage im Freien. Hier oben gehört der April nicht zum Frühling.

Ich will nichts wissen, nichts verstehen. Gegenbefehl ans Denken: Lass es sein.

Ich sehe mich um, gehe zum Fenster. Auf den Rückenwirbeln spüre ich das Gewicht, das der Rucksack hinterließ, in meinen Händen die Schnitte des am Tag zuvor erkletterten Felsspaltes. Sie werden schnell verschwinden, der Körper macht es wie der Schnee, er löscht Spuren aus.

Ich gehe Vorräte kaufen, ich möchte ein paar Tage bleiben. Das Dorf ist versunken, die Straße verschwunden, die Schornsteine rauchen. Bei uns kommt kein Schneepflug an, ums Freischaufeln kümmert sich der Mai. Ich mache Einkäufe im Dorfladen, erwidere den einen oder anderen Gruß, niemand fragt, sie tun so, als sei ich nur einen Tag weggewesen. Ich schätze diese dörfliche Diskretion, die mit Gleichgültigkeit zusammenfallen kann.

Ich bringe die Vorräte nach Hause und gehe zum Wirtshaus.

Der Wirt schaufelt Schnee vor dem Eingang, er begrüßt mich und deutet an, dass die beiden Kameraden drinnensitzen. Ich bitte ihn, für mich aufzudecken, während ich den Weg für ihn freischaufle. Das nimmt er gerne an, und ich mache mich daran, Schnee zu räumen. Er ist leicht, hat keine Zeit gehabt, fest zu werden.

Ich gehe hinein, mein Platz am Tisch, wo sie sitzen, der Schmied und der Bäcker, ist gedeckt.

Ich verharre unschlüssig, da fordern sie mich mit einer Handbewegung auf, mich zu setzen. Sie schenken mir Wein ein, heben die Gläser. »Herzlich willkommen.«

Das habe ich nicht erwartet, aber ich freue mich, dass es keinen Groll zwischen uns gibt. Ich trinke einen Schluck, der Schmied wartet, bis ich das Glas absetze.

»Wir sind quitt.«

Ich sehe ihn an, dann den Bäcker, der nickt.

»Ich meine nicht das letzte Mal, als ich dir sagte, dass wir quitt sind, weil ich dich nicht umgebracht habe. Jetzt sind wir quitt.«

Ich höre ihn erzählen, was ich von gestern nicht weiß.

SIE HABEN DEN Rauch aus meinem Schornstein gesehen und schon vorher gerochen, was der Wind hertrug, von meinem Haus, dem letzten im Dorf. Der Schmied wollte zu mir gehen, um sich zu entschuldigen. Dann sah er am Abend einen unbekannten Camper ankommen. Der Wagen hielt vor dem Dorf, niemand stieg aus. Noch vor Morgengrauen sah er mich mit der Frau aus dem Haus kommen und auf den Berg zugehen. Eine

Begleitung einer einzelnen Person außerhalb der Saison – er wollte verstehen, was ich vorhatte. Aus dem Camper kam ein Mann mit einem Präzisionsgewehr, keinem Jagdgewehr. Der Mann folgte uns. Der Camper fuhr wieder ab.

»Ich habe es dem Kameraden erzählt, hab das Gewehr genommen, er die Schaufel, und wir sind hinter ihm hergegangen. Übrigens, warum hast du die schlechteste Strecke ausgesucht?«

Ich wollte ihr nicht die beste zeigen. Wir sprechen leise, aber das ist nicht nötig, niemand kommt herein.

»Der Mann kannte sich mit dem Bergsteigen aus. Er ist ohne Seil den Spalt hochgeklettert, das Gewehr über der Schulter.«

Die beiden haben ihm einen Vorsprung verschafft, dann sind auch sie die Steilwand hinauf. Oben angekommen, haben sie gesehen, wie er zwischen den Felsen ein Stativ aufgestellt und das Gewehr darauf befestigt hat.

»Auf das Gewehr hat er ein Zielfernrohr geschraubt. Ich habe nicht abgewartet, bis er es sich bequem machte. Aus hundert Metern habe ich auf seinen Schädel gezielt, ein einziger Schuss. Es war auch eine gute Stelle, um ihn verschwinden zu lassen. Auf unserer Seite der Spalten, wo wir die Gämsen schießen gehen. Wahrscheinlich ist er in ein Loch gerutscht, wir werden nachschauen, wenn der Schnee von heute Nacht schmilzt.«

WER WAR DAS, frage ich. Man weiß es nicht, er hatte keinen Ausweis dabei, wollte nicht über die Grenze. »Er war etwa vierzig, hatte eine Narbe im Gesicht und ein schönes Gewehr.«

»Ohne uns hätte er dich umgebracht«, sagt der Bäcker.

»Du hast mich lebend aus der Lawine gezogen, ich habe dich lebend aus einer Falle geholt. Jetzt sind wir quitt«, sagt der Schmied.

Ja, sage ich.

»Diese Geschichte ist hier zu Ende. Wir sprechen nicht mehr davon, nicht unter uns und zu niemandem. Einverstanden?«

Wir trinken das Glas aus. Drehen es um, kein Tropfen darf mehr herausfallen, dann wird auch keine Silbe von unseren Lippen fallen.

Diese Geschichte endet hier.

Auch mit den Gängen über die Grenze ist Schluss, sie haben das Tal gewechselt. So ist das in den Bergen, die Fremden, die Touristen kommen plötzlich alle zusammen an, und ebenso plötzlich verschwinden sie alle zusammen.

Hier oben gelten andere Gesetze als im Flachland. Hier oben ist das Leben enger mit dem Tod verbunden. Man stirbt durch Lawinen, Erdrutsche, Abstürze, Erfrierungen im Winter, weit entfernte Krankenhäuser. Auf der Haut bilden sich Überlebensschwielen. Auf den Verlust von Leben reagiert man weniger empfindlich, Menschen und Tiere leben zusammen im Stall, und man hängt nicht zu sehr aneinander.

Mehr als das Leben zählt hier oben der Ruf. Du kannst einem Mann sein Haus, seinen Boden nehmen, ihn zwingen, auszuwandern, aber du darfst ihm nicht die Ehre nehmen. Darauf steht die Todesstrafe. Schenke dem kein Vertrauen, der der Friedfertigste zu sein scheint, der Resignierte. Wenn du ihn beschämst, wird er dir einen Hinterhalt bereiten. Hier oben verschwindet man leicht. Unrecht wird ohne Anzeigen, Richter und Uniformen geregelt. Schulden werden mit dem Leben bezahlt.

HIER OBEN HAT jeder eine versteckte Waffe. Manche besitzen Sprengstoff, aus einem Steinbruch oder aus nicht explodierten Bomben. Das Gebirge ist ein Panzerschrank der Geheimnisse.

Die Geschichten von Hexen, Unholden, Tieren sind die Lokalnachrichten in Legendenform. Die Dinge, die hier bei uns passieren, verwandeln sich in erfundene Geschichten. Auch die Geschichte des Gekreuzigten muss ein Bericht von tatsächlichen Ereignissen gewesen sein, die dann in eine heilige Legende verwandelt wurden. Seine Todesstrafe, der Todeskampf eines jungen Mannes haben aus einem Hügel bei Jerusalem einen Altar gemacht.

Diese Gedanken gehen mir durch den Kopf, ich schreibe sie meinem Bruder zu, während ich wieder packe. Nach dem, was im Wirtshaus berichtet wurde, ist es klüger, den Ort zu verlassen, falls jemand kommt, um den Verschwundenen zu suchen.

ICH STEIGE IN den Bus, kehre in die Stadt am Meer zurück. Die Kurven der abwärtsführenden Serpentinen rollen ein wirres Knäuel im Kopf wieder ein. Die Müdigkeit vom Vortag lässt mich im Bus einschlafen.

Ich komme nachts an, gehe zur Unterkunft. Ohne Mond funkeln die Sternbilder. Ohne Schlaf setze ich mich auf eine Bank, den Kopf zurückgelegt, auf die im Nacken gefalteten Hände gestützt. Ich höre das Geräusch der Wellen, den schweren Atem des Meeres, der Atem eines Asthmakranken.

Oben blitzen Lichtnadeln, piksen in die Augen. Um bis zu meinen Wimpern zu gelangen, reisen sie durch die Lichtjahre, verbrauchen unendliche Energiereserven.

Am Abend zuvor lief ich blindlings durch den Schnee, jetzt passe ich meinen Atem dem Zeitmaß der Wellen an. Am Abend zuvor dem Zielfernrohr eines Gewehrs ausgesetzt, jetzt im Schutz einer Frühlingsnacht sitzend – das ist die Macht der Geographie, die nur wenige Stunden zwischen gegensätzliche Augenblicke eines Lebens legt.

Ich bleibe mit gerecktem Kopf sitzen, um die Distanz zur Hast der gestrigen Stunden zu vergrößern. Die Frau wird davongekommen sein oder auf der Pritsche einer Zelle liegen. Auch sie erfährt die Distanz zu den Wegen vom Vortag. Auch sie wird sich in einen flussbreiten Schlaf geworfen haben.

Immer wieder hören die Gefahren auf, wenn man die Lider als Vorhang senkt. Immer wieder bringt man sich in einem Schlaf in Sicherheit.

NACHTS VARIIEREN DIE Gedanken gern, der leere Kopf ist eine Weide für ihr friedliches Wiederkäuen. Zwischen Verzweigungen der Milchstraße erscheint die Silhouette des Gekreuzigten.

Wer stirbt, fühlt sich selbst nicht sterben: Er fühlt die Welt sterben, die Menschen um ihn herum, die Tage, die Nächte, die Planeten, die Meere. Wer stirbt, fühlt das Universum außerhalb von sich vergehen. Diese Barmherzigkeit ist die Mitgift jedes Todes, sie löst die Verzweiflung in der Unmenge aller erlöschenden Dinge auf.

Ich sehe einen Funken durch die Luft rasen, der sofort erlischt. Er reiste Millionen Jahre, bevor er jetzt durch die Reibung mit einer Atmosphäre zu glühenden Krümeln zerfällt. Jetzt: Ich habe gerade eben das älteste Ereignis beobachtet, das ich kenne. Jetzt ist ein gigantisches Wort für einen Augenblick.

DAS UNIVERSUM VERMISCHT seine Bruchstücke, nichts ist fremd.

Nur einmal hat er von Sternen gesprochen, der Gekreuzigte, das geschah, um ihren Fall anzukündigen. Sie sind noch immer da, noch zerkrümelter, aber an ihrem zugewiesenen Platz, wie die Berge. Er sprach nicht von ihrem Sturz, sondern von seinem.

Er wusste, dass das Ende der Welt mit dem Tod eines jeden zusammenfällt und sich mit ihm wiederholt. Bei seinem Todesröcheln krümmte sich der Himmel wie eine Schriftrolle.

Heute Nacht ist mein Bruder groß in Form, er zündet seine Gedanken wie bengalische Feuer. Ich atme tief, nicht mehr im Rhythmus der Wellen. Suche noch einen Funken in der Luft. Er kommt nicht, und ich lächele über mein albernes Warten auf ein privates kosmisches Ereignis, auf das Jetzt eines weiteren Erlöschens.

Ein Kälteschauer schüttelt mich. Ich senke die Augen, blicke zu Boden und merke, wie sehr ich mich anstrengen muss, um den Meter zwischen meinen Füßen scharf ins Auge zu fassen, nachdem ich durch die Galaxien gewandert bin. Das umgekehrte Schwindelgefühl des Astronomen. Die ersten Schritte sind die eines Betrunkenen, der über sich selbst stolpert.

AM MORGEN GEHE ich ins Pfarrhaus, der Priester ist unterwegs, mit den Vorbereitungen für Ostern vollauf beschäftigt. Er geht die Häuser segnen.

In der Remise mit der Statue überrascht mich ein stärkeres Licht. Sie haben die Beleuchtung gewechselt, das Licht ist grell, löscht die Schatten aus. Die Nacktheit ist brutaler, tragischer die Verstümmelung.

Ich wische mit einem feuchten Lappen über den Körper, um den Staub zu entfernen, der Lappen wird nicht schmutzig. Sie haben es schon in meiner Abwesenheit getan.

Die Wunde des Lanzenstichs zwischen den Rippen scheint ausgefranster, spitzer die Dornen um die Schläfen. Das exzessive Licht ist ein Fehler. Zum Zeitpunkt seines Todes war der Himmel dunkel von schweren Regenwolken.

Mit den Fingerspitzen streiche ich über die Nägel. Ich wundere mich, dass ich es noch nicht getan habe. Auf dem ersten Nagelkopf, dem an den Füßen, spüre ich eine Gravur unter der Fingerkuppe. Ich steige hinauf, um die beiden anderen zu überprüfen. Beim Betasten tragen auch sie ein kleines Siegel am Kopf. Mit der Lupe sehe ich genauer hin, die Zeichen sind unterschiedlich. Ich kopiere sie im Notizheft, um sie dem Rabbiner zu bringen.

Ich hadere mit mir, dass ich nicht schon früher die gesamte Oberfläche gründlich mit Lupe und Fingerkuppen untersucht habe. Eine Stunde lang taste ich jeden Zentimeter ab, ohne weitere Zeichen zu finden.

ICH GEHE ZUM Rabbiner. Ihr Ostern ist schon vorüber. Für sie ist es die Feier eines Grenzübergangs. Sie überqueren die Grenze Ägyptens und der Sklaverei. Sie gehen hinein in die Freiheit, die anfangs eine weit geöffnete Wüste ist. Hinter ihnen schließt sich der Durchgang mit Schloss und Riegel. Es ist das erste Fest der Gleichheit in den heiligen Geschichten, keiner ist mehr Sklave.

Das erklärt er mir, als er mich dieses Mal bei sich zu Hause empfängt. Er bietet mir türkischen Kaffee an, seine Familie lebte in Istanbul.

Sein Arbeitszimmer ist eine Festung aus Büchern, mit Türmen, Stufen überall von der Decke bis zum Boden. Sein Schreibtisch ist eine Zugbrücke. Der größte Teil der Bücher sind literarische Texte. Mit einer Handbewegung präsentiert er mir die überladenen Wände.

»Ich bin ihr Gast«, sagt er, ohne zu scherzen.

»Sie stimmen mich auf das Studium der heiligen Geschichten ein. Sie sind das Vorzimmer, der Hof. Nachdem ich auf ihren Seiten war, darf ich den inneren Bezirk betreten.«

Ich zeige ihm die drei auf die Nagelköpfe gravierten Zeichen. Er nickt, auch dieses Mal handelt es sich um hebräische Buchstaben.

»ES SIND DIE Buchstaben Alef, Daleth, Mem, sie bilden den Namen Adam. Er ist der Urheber, das meint der Bildhauer mit dieser Botschaft. Adam, das gesamte Menschengeschlecht, hat diese Nägel eingeschlagen und seine Unterschrift hinterlassen. In den Evangelien wird der Satz zitiert: ›Warum hast du mich verlassen?‹ Es ist die Wiederholung eines Verses in einem Psalm Davids. Auf Hebräisch kann man den Satz ohne Fragezeichen lesen: ›Dafür hast du mich verlassen.‹ Wie eine Anschuldigung, siehe, dafür hast du mich verlassen. Dafür: Auf Hebräisch kann man wegen des identischen Zahlenwerts auch lesen: ›Für einen Adam hast du mich verlassen.‹ Darum steht sein Name auf den Nägeln.«

Der Bildhauer wollte Schriftsteller sein. Er hat Buchstaben auf der Oberfläche verteilt, um dieser Geschichte eine Zeile hinzuzufügen.

Seine körperliche Identifikation mit dem Gekreuzigten verlangte von ihm die Kenntnis des hebräischen Alphabets. Er hat eine Schrift in die

Statue geritzt, doch für das bloße Auge nicht sichtbar. Nicht für den Zuschauer, der nur beobachtet, sondern für den, der näher kommt, die Grenze der Zurückhaltung überschreitet und es wagt, die Statue mit der Hand zu berühren. Die Zeichen sind für den, der bereit ist, sich anstecken zu lassen.

WIEDER STEHE ICH vor dem Abgrund der Bedeutungen, ich muss mich auf einen Schluck türkischen Kaffee stützen. Der Rabbiner lässt mir Zeit, das Gehörte aufzunehmen. Dann fährt er fort.

»Nackt zum Tode verurteilt sein. Das ist im vergangenen Jahrhundert das Schicksal meines Volkes in der Wüste von Europa gewesen. Zieh dich aus, bevor du getötet wirst: Wie Automaten wiederholten die Mörder die Vorbereitungen für die Kreuzigung eines Juden.«

Verwirrt durch das, was ich höre, stoße ich gegen einen Stapel Bücher, der einstürzt. Beschämt hebe ich die Bücher auf, entschuldige mich. Er hilft mir, dabei sagt er, ich solle mir um die Bücher keine Sorgen machen.

»Sie sind nicht zerbrechlich, sie lassen sich schlecht behandeln. Der Abnutzung, der Kälte, dem Exil, Schiffbrüchen widerstehen sie besser als wir. Ihr Wunder ist, dass sie sich die Zeit des Lesers nehmen können. Schlag Homer auf, und du siehst ihn neben dir sitzen. Schlag ihn wieder zu, und er kehrt in seine Jahrhunderte zurück.«

ICH GEHE NOCH einmal beim Priester vorbei, unterwegs denke ich an Homer. Was für ihn gilt, ist anders beim Gekreuzigten, bei seiner Bergpredigt über die Gleichheit, über das Glück. Ich schließe das Matthäusevangelium, und es kehrt nicht in sein Jahrtausend zurück. Es hat sich ins Ohr geschlichen, macht aus dem Leser einen Zeugen, einen, der dort war.

Das könnte der Unterschied zwischen Homer und Matthäus sein.

Darüber spreche ich mit dem Priester, der von seinem Segnungsrundgang zurück ist. Er stellt das Weihwasser und das Werkzeug, das er Aspergill nennt, zurück an ihren Platz, und nimmt seine Gewänder ab.

Er klopft wirklich an jede einzelne Tür. Eine Hälfte lehnt ab, ein Viertel antwortet nicht, der Rest nimmt das Wasser und die Worte an. Es ist sein österlicher Marathon. Er segnet auch die verschlossenen Türen.

Homer liest er selten. Für ihn ist Matthäus die Tageszeitung, in der die neuesten Nachrichten stehen, während Homer die Faszinationskraft der Legende besitzt.

»Matthäus ist das Festland, Homer das Meer, aber nicht eures, das freundlich ist, auch wenn es sich erhebt. Mein Meer ist der wütende Atlantik der Antillen, die Hurrikane und die Prankenhiebe der Wirbelwinde, die die Häuser abdecken. Doch zurück zu uns.«

ER HAT MIT dem Bischof ausprobiert, wie das Anheften wirken würde. Der erste Eindruck war der einer auffälligen Hinzufügung. Dann der gegenteilige Eindruck, dass der Teil zu diesem Körper gehört.

»Bei längerem Hinsehen fällt es nicht mehr auf. Die beginnende Erektion ist undeutlich, man muss sie entdecken wollen. Beim Original, auf dem Foto aus jener Zeit, hob das Weiß dieses Detail hervor. Der andersartige Marmor aber lenkt die Aufmerksamkeit auf die Adern im Gestein, die die gewaltsame Verdrehung des Körpers wiederholen. Der Marmor, den du gefunden und bearbeitet hast, ist als Idee eines Künstlers würdig, das bestätigen wir dir. Die Natur, wie du sie nennst, erscheint eher verborgen als ausgestellt.«

Ich frage ihn nach dem Grund für die neue Beleuchtung.

»Wir haben ein stärkeres Licht genommen, damit die zusätzliche Qual der Nacktheit deutlich wird, die Absicht, den Verurteilten dadurch zu demütigen. Diese Nacktheit soll zu allem anderen noch Scham hinzufügen. Frauen stehen unter dem Kreuz, eine Ansammlung von Menschen. Doch hier, an der Statue und am Kreuz, vollzieht sich die Umkehrung. Der geschändete Körper wird verklärt, und seine Nacktheit verwandelt sich von der Scham, menschlich zu sein, in die Reinheit des geopferten Lammes. Das Kreuz wird zum Altar, und der Leib zu seiner Opfergabe.«

Ich kann mit dem Anheften beginnen.

Ich berichte ihm von den drei hebräischen Buchstaben, die auf die Nagelköpfe graviert sind, davon, dass der Rabbiner mir bei der Erklärung geholfen hat. Er wird mit dem Bischof darüber sprechen, aber er kann mir jetzt schon sagen, dass diese Zeichen der Skulptur noch mehr Tiefe verleihen und dass sie zusammen mit den anderen Entdeckungen, die ich auf der Oberfläche gemacht habe, veröffentlicht werden. Der Rabbi, so nennt er ihn, wird zur Einweihung eingeladen. Ich bitte darum, auch den algerischen Arbeiter aus dem Marmorbruch, der mir den Block geschenkt hat, einzuladen. Selbst wenn er nicht kommt, wird die Einladung ihm Freude machen.

DER PRIESTER ÜBERREICHT mir die in feines Leinen gehüllte Natur.

Ich habe Lust zu wandern, gehe zum Strand. Der Wind striegelt mir das Gesicht, dringt in die Nase, in die Ohren, drückt mir ein paar Tropfen aus den Lidern. Die Augen wäscht man mit dem Wind, nicht mit Seife.

Ich gehe mehrere Stunden lang, sammle kleine, krumme Hölzer, Perlmutt, das kommt von der Gewohnheit, auf den Boden zu blicken. Trockene Algen zerbröckeln unter den Füßen. Meine Füße sind zwei dünne, magere Hölzer, sie könnten Pinocchio gehören. Auch die Beine sind arm an Fleisch, haben in jeder Hose zu viel Platz. Der Wind schlägt sie, lässt den überflüssigen Stoff flattern.

ICH FINDE DIE Stelle wieder, wo die Frau und ich uns hingesetzt haben, unter dem Schild eines Strandbads. Der Sand ist glatt, die Spuren unseres Gewichts sind verschwunden. Es braucht einen Gletscher, der Tausende von Jahren talwärts rutscht, bevor auf dem Angesicht der Berge die Spur eines Abriebs zurückbleibt. Es braucht gewaltige Vorkommnisse, um dem Antlitz der Welt eine Erinnerung einzukerben. Der Anspruch, ein Zeichen zu hinterlassen, steht uns nicht zu.

Angler sind nicht da. Auch das Ufer ist eine Grenze, und ich könnte sie überwinden, indem ich ins Meer gehe. Würde ich meinen Weg fortsetzen, käme ich auf dem Meeresgrund an.

Der Gedanke meines Bruders widerspricht: nicht auf dem Meeresgrund, denn im Wasser wirkt eine Kraft, die das Gegenteil der Gravitationskraft ist, sie hebt den Körper an die Oberfläche, indem sie Gewicht wegnimmt. Das hat Archimedes aus Syrakus entdeckt, der sich mit der Erde, dem Himmel und dem Meer beschäftigte.

Als alter Mann wurde er von einem jungen römischen Soldaten ermordet. Der Generationswechsel kann verhängnisvoll sein. Die Alten sollten aus Liebe sterben, indem sie von einer Sprossenleiter stürzen, die sie an den Balkon ihrer gleichaltrigen Geliebten gelehnt hatten.

Mein Bruder redet mit dem Wind, der mir in die Nase dringt und geradewegs in den Schädel fährt, um ihn zu besuchen. Er gibt mir Gedanken zurück, die Niesanfällen ähneln, sie kommen unversehens, kitzeln, damit sie ausgeworfen werden.

Ich hebe einen Stein auf, den Mollusken ausgehöhlt haben, er war ihr Haus, jetzt ist es verlassen. In seine runden Löcher werde ich ein bisschen Erde und einen Samen stecken. Ich erfinde eine Variante seiner Bewohner.

Ich wandere, bis ich Durst bekomme.

Beim Abendessen erkundige ich mich nach den modernen Klebstoffen für Marmor. Der algerische Arbeiter rät mir zu einem Epoxidharz, vorher soll ich die beiden Kontaktflächen gut säubern. Er empfiehlt, sie porös zu machen. Das sind selbstverständliche Maßnahmen, aber es gefällt mir, sie von ihm zu hören.

Ich kaufe das Harz und grobes Schmirgelpapier, um die Verbindungsstellen aufzurauen.

NUR DIESER LEICHTE Arbeitsschritt muss noch getan werden, dann ist die Aufgabe beendet. Ich habe mich dem Werk von Körper zu Körper genähert, bis zur Nachahmung der Beschneidung.

Bevor ich zum letzten Mal in die Remise zur Statue gehe, besuche ich den Priester. Ich bekräftige noch einmal, dass ich meine Unterschrift am Rand der Restaurierung nicht will. Das Werk gehört dem Bildhauer, ich bin sein Stellvertreter in einem Detail.

Er gibt zu bedenken, dass mein Name auf der Restaurierung mir weitere Aufträge verschaffen würde. Das ist mir egal, ich muss meinen Umsatz nicht steigern, sage ich im Scherz. Bei der Einweihung werde ich nicht dabei sein, das Endergebnis werde ich vor allen anderen sehen, da ich selbst es einweihe.

Dann gehe ich. Ich fühle mich ein wenig benommen, wie nach tagelangem Fieber. Ich nehme den Marmorblock aus dem Leinentuch, der Kontakt lässt die Finger erzittern. Es ist das Beste, was ich vermochte, mein Meisterwerk. Ich lächle über mich selbst.

Mit dem Schmirgelpapier raue ich die beiden Kontaktflächen auf. Versuchsweise nähere ich das Stück. Und spüre den Widerstand zweier Magneten, die sich gegenseitig abstoßen. Die Suggestion dieses Moments verwirrt mich, vielleicht war es ein Schwächeanfall, wegen der Aufregung. Ich probiere es erneut, etwas energischer, der Block weicht seitlich aus. Ich verstehe nicht, und wie immer interessiert es mich nicht, zu verstehen, ich muss nur ausführen. Ich beruhige mich und versuche es wieder. Eine Kraft stößt zurück.

BIN ICH VERBLÖDET? Von welcher Kraft spreche ich? Ich spreche laut, aus mir kommt eine nuschelnde Stimme. Die Lippen flüstern von allein. Ich weiß nicht, was sie sagen. Ich fasse mir an die Stirn, um zu fühlen, ob sie heiß ist. Sie ist kühl. Ich berühre sie wieder, sie glüht. Ich werde wütend auf mich selbst. Mit einer ruckartigen Bewegung stürze ich mich auf die Verbindungsstelle. Die Anstrengung ist groß, ein Zweikampf, Körper gegen Körper, bis ich durch den Gegendruck seitlich ausrutsche und zu Boden falle.

Abgewiesen. Von wegen Suggestion, ich kann das Werk nicht vollenden. Ich habe mir sogar die Seite gequetscht, weil ich beim Sturz das Stück mit beiden Händen festgehalten habe, um es zu schützen. Die Skulptur will meinen Zusatz nicht.

Diese Erklärung ist so verrückt wie mein Zustand.

Abgewiesen. Schluss mit dem Meisterwerk, mit meiner Anmaßung. Ich bin auf dem Boden gelandet, die Beine zappeln in der Luft, und wegen der stechenden Schmerzen in der Seite stehe ich nicht wieder auf. In dieser lächerlichen Haltung krümme ich mich am Boden, in der Hand die Natur, die ich nicht fallen gelassen habe und noch immer umklammere. Zu Füßen des ernsten Gekreuzigten verharre ich zusammengekauert und schmerzgeplagt. Da gibt es nichts, worauf man stolz sein könnte. Hoffentlich kommt der Priester jetzt nicht herein.

DER PRIESTER, ICH stelle mir sein Gesicht vor, ihn, der unerwartet eintritt. Da nähert sich mit einem Huster der Beginn des Lachens. Erst zucke ich leicht, dann schüttelt mich ein stärkeres, krampfartiges Gelächter und quält meine Seite. Eine meiner Rippen muss sich für den Fußboden interessiert haben. Das Lachen beharrt auf dem Schmerz und lässt mich noch mehr lachen. Tränen laufen mir übers Gesicht, ob Tränen des Schmerzes oder der Belustigung, weiß ich nicht. Beide fallen zusammen und hören nicht auf, bis ich nach Luft schnappen muss. Erschöpft beruhige ich mich, doch das Gelächter hebt mit Krämpfen wieder an. Ich kann es nicht aufhalten, habe mir wohl sogar in die Hose gemacht.

Das Gesicht des Priesters, der mich in diesem Zustand überrascht, führt den Lachanfällen ständig neue Energie zu. Er ist nicht hereingekommen, er ist nicht hereingekommen – mit diesem Satz versuche ich einen Exorzismus, und das Gelächter erreicht seinen konvulsivischen Höhepunkt.

Es hört auf, weil alle Kraft verbraucht ist. Ich triefe von sämtlichen Körpersäften, nur das Blut fehlt. Noch immer halte ich die Natur aus Marmor mit beiden Händen fest. Ich lockere den Griff, lasse das Stück auf den Boden gleiten, die Finger bleiben verkrampft.

NICHT EINMAL NACH der Lawine habe ich mich so zu Tode erschöpft erlebt. Langsam rapple ich mich auf, stütze mich auf den Sockel des Kruzifixes. Höher als bis zu einem Knien komme ich nicht. Aus dieser unfreiwillig frommen Haltung blicke ich zur Statue auf. Ich bitte sie um Entschuldigung. Es ist das erste Mal, dass ich ihre senkrechte Linie von dieser Stelle aus betrachte. Die Lider halb geschlossen, die Wölbung der Lippen – von hier aus scheinen sie ein Lächeln anzudeuten. Ich bin so zerschlagen, dass ich mir vorstelle, ihn zum Lächeln gebracht zu haben.

»Hast du immer noch nicht verstanden?«

Es ist nicht die Statue, die spricht. Es ist mein Bruder, ein sechsjähriges Kind. Zum ersten Mal kommt er aus der Deckung, mit lauter Stimme, außerhalb meines Schädels. Es verschlägt mir die Sprache, ich schaffe es nicht, aufzustehen.

»Du hast die Arbeit mit Stolz ausgeführt und bist abgewiesen worden. Du musst sie zitternd ausführen.«

Ich danke ihm nicht. Stütze mich am Fuß der Statue auf und erhebe mich. Dann tue ich das, was ich beim Eintreten hätte tun müssen. Ich ziehe mir die Schuhe aus. Dann lege ich alle Kleider ab. Mich fröstelt. Ich nehme das Stück vom Boden.

Ich gebe das Harz auf die beiden Kontaktflächen. Dann halte ich die Natur an ihre Verbindungsstelle. Ich kann das Zittern meiner Hände nicht kontrollieren, fürchte, die Teile schlecht zusammenzufügen, ungenau zu sein. Doch die beiden Teile ziehen sich von selbst an. Annäherung. Verbindung. Ende.